JN057286

生＝創×稼×暮

問い

あなたが生きるとき、
創ること・稼ぐこと・暮らすことのバランスを
どのように保っていますか。

本書は、「さまざまな段階」の「芸術家」19名に、右記の問いを投げかけ、その回答をまとめた回答集です。

「さまざまな段階」とは、作品を確立している芸術家だけではなく、これから作品づくりを本格的に始めたいという方も含まれていること。

そして、「芸術家」とは、独自の視点、言葉、世界観を持ち、それを作品にしている方や、体現している方と定義づけています。

よって、本書の回答者は、所謂成功を収めた芸術家だけではありません。そして、一般に芸術家と聞いて想起される職種ばかりではありません。

故に、例えば、農家、花屋、本屋、料理人、職人といった、一般的には芸術家ではないと考えられている方々にも、問いに回答して頂きました。

芸術家の定義を拡大したのは、「創る」という行為は、芸術の領域だけではなく、それを超えて現代社会にも存在すると考えているからです。

本書は、世の中のあらゆる作品が生まれる背景を知る機会が限られているという考えのもとに生まれました。芸術家が、生計の立て方や、ライフスタイルを発信していなければ、それらを知る手段はありません。しかし、作品が生まれる背景にこそ、創作の妙があるのではないでしょうか。

そのような想いから、「さまざまな段階」の「芸術家」に、本書の中核となる、右記の問いに回答して頂きました。

はじめに

本書のタイトル『生＝創×稼×暮』は、『イキル ハックル カケル カセグ カケル クラス』と読みます。この読みづらい数式の書籍タイトルには主に二つの想いを込めました。一つは、それぞれの動詞（創る・稼ぐ・暮らす）のうち、どれかの値がもし0であれば、生きるという値も0になってしまうということ。

そして、もう一つの想いには次のことが前提にあります。創造的に生きることを求める私たちは、「創ること」に夢中になっているとき、「稼ぐこと」「暮らすこと」を忘れてしまいがちです。しかしながら、どのような創作者も「稼ぐこと」「暮らすこと」なしでは生きられないのです。そして、それらの二つの動詞は、「創ること」に夢中になっているときには邪険に扱われがちですが、「創ること」を邪魔する厄介者では決してなく、寧ろ「創ること」をサポートしてくれる味方なのではないだろうかと考えました。つまり、創作する者が作品をつくることだけにこだわるのではなく、視野を広げて「稼ぐこと」「暮らすこと」に対してもこだわり、論理的に取り組む領域も持つことが、結果的に、「創ること」に良い影響を与えるのではないか、という想いを数式のタイトルに込めました。

しかしながら、創る・稼ぐ・暮らす、それぞれの値を高めていき、生きることの値を大きくすることが、当人にとって幸せであるとは限りません。当然、その人にとっての心地良いバランスがあるはずです。そして、その値で、他人と競争する必要は絶対にありません。

他人と競争する必要がないことを教えてくれたのは、本書のある執筆者でした。「出来ていないことが悪いことではなく、誰かに並ぶ必要はない。優も劣もなく、私たちは人間であればいい。」と。つまり、「人間として皆同じで、それぞれの段階が違うだけだ。」ということを編集者である私に伝えてくれました。確かに、本書の執筆者は全員段階が異なります。既に、作品を確立している方もいれば、これから本格的に作品をつくる執筆者もいます。しかし執筆者全員が、創ること・稼ぐこと・暮らすことを、日々行なっています。本書を手に取って下さった方もきっとそうだと思います。なぜならば、創ること・稼ぐこと・暮らすことに無縁の人はいないからです。

本書は、さまざまな段階の、広義の芸術家が考える、リアルな、創ること・稼ぐこと・暮らすことのバランスをまとめた回答集です。本書が、つくることで葛藤している方や、これからつくることを始めたい方にとって、ほんのわずかでも心の拠り所となれば嬉しいです。

『生＝創×稼×暮』企画・編集・発行　佐々木風（そよぐ）

目次

生＝創×稼×暮

お前にはそんな旅が似合う

小説家／大学生

新 胡桃　　あらた　くるみ

profile

大阪府生まれ。2020年に「星に帰れよ」で第57回文藝賞優秀作を、史上2番目の若さで受賞。他の著書に「何食わぬきみたちへ」がある。現在は作家活動をしながら美術大学に在学している。

主な活動地域

東京都

年齢

2003年生まれ、
20歳

暮らしのこだわり

音楽または色んな物語を
滝のように摂取すること

つくっているもの

小説、美術作品

生計の手段

印税、仕送り、バイト代

ある日

7:00	起床、朝ごはん
8:00	家事
9:00	登校、授業を受ける
12:00	昼食
13:00	大学の制作、または執筆
16:00	バイト
21:00	帰宅、YouTubeを観る
23:00	本を読みながら就寝

休日はほぼ家にいます。突発的に映画を観に行くことも多いです。

お前にはそんな旅が似合う

しばらく白く粘ついた膿が出た。それが収まると、次はサラサラとした液や固形のかすがボールに絡むようになる。消毒を染みこませた綿棒を丹念に滑り込ませながら、私はAmazonで頼んだセカンドピアスの配送予定と、この穴が暴れ終わってファーストピアスが安定する頃合いを重ねてみる。一週間ほど開きがあり、もどかしい。

覗き込んだ鏡に映るのは紛れもなく私だが、特に唇へニードルを貫通させたあとの私で間違いないだろう。顔にひとすじ走る銀色の新しさ、慣れなさに目を細めながら、足元のゴミ箱にそっと綿棒を落とした。三月末だった。

この原稿を書いている四月現在のこと。今月は気まぐれな豪雨がままあったから、翌日ベランダにまっさらな日差しが溢れると毎度ホッとした。貯金はあまり出来ていない。新学期を迎え、大学ではキャンパスの葉桜がコンクリに堂々とした影を残していた。それ自体は気軽な春の情景だが、月の後半になると芝生の上に木の実が落ちはじめ、思わず高揚した。去年より、私は朝が弱くなってしまった。最近の執筆は午後から夜にかけて行う。角田光代さんの『くまちゃん』の身悶える面白さ。WurtSの音楽は都会の愛想笑い的な渇きがあって、格好良い。グルメで言うと、近所で食べた生麺カルボナーラ、家でこしらえた炊飯器無水キーマカレー。簡単なホットケーキ。白いナイキの靴下が二年経ってもへたらないのが、近ごろ地味に嬉しい。KISS OF LIFE という韓国アイドルの曲が軒並み好きだ。『匿名ラジオ』というネットラジオをYouTubeで流しながら、チーズトーストを齧るのが朝の定石になりつつある。

または、バイト先であるジャズ喫茶でウェイン・ショーターの『Native Dancer』に出会った。執筆を指南する本で「欧米の文学はたしかに偉大だが、日本から動かずに北半球の作品ばかり追いかけていても見えないものがある」との触れ込みでラテンアメリカの作品を紹介するくだりがあった。小説ではないが、ブラジルの歌手ミルトン・ナシメントを迎えたこのフュージョンアルバムは、私にとって目の前に火花が散るほどの衝撃だった。こんなに光の輪郭が濃い音楽があるのか。おとなしく回るレコードを睨みながら、打ちひしがれていた。

これらはすべて、三月までは私の脳裏に存在もしなかった出会いと感情だ。

恋する人の語りに「あなたが何をしていても、何者になっても絶対」好き、という型がある。それって本当か、嘘なんじゃないか、みたいな問いは意味を成さず、自らの抱える一瞬を永遠にしたと信じられる彼らは無責任のまま無敵でかけがえなく、ただズルい。映画や小説でこの類の描写があると、直線の愛が羨ましくて胸がちぎれそうになる。

私は自分が誰なのか、未だによくわからない。例えば自分が感じるより早口であるらしい。主に湯舟で読書する時期と寝床でする時期が交互にやってくるのだが、未だに法則を掴めずにいる。金髪しか似合わないというこれまでの主観に反し、いざ頭を暗くしてもハイトーンに一切の未練は残らなかったし、絶対浮いてしまうと避けていた部位のピアスが案外しっくりきたり、気付いたら曲単体ではなくアルバム単位で音楽を漁るようになったり、句読点の打ち方へ急にこだわりを持ち始めたり。今まで一緒にいると安らげていた人が徐々に苦手になったり、苦手な人に安らぐようになったり。この二年間で口癖が、原稿を紡ぐこの文体が、バイトが、服の趣味すらも移ろった。体重や骨の密度や筋肉量だって、一か月前と違うはずだ。目まぐるしくブランニューしていく日々があまり、自分事と思えない。二年後もしかすると今の髪色も顔にあるピアスも、到底理解できなくなるかもしれない。

私は「あなたが何をしていても、何者になっても絶対」好き、と自分に言ってあげられない。常に今を発展途上だと、「まだだね」と言い聞かせて生きている。

それは自分が若い事と、おそらく密だ。視力は二十歳前後で落ち着く。身長も二十歳前後で止まる。同様に、それまで成長と呼ばれていた右肩上がり固定のグラフたちが、自己責任でいとも簡単に降下や横ばいを記録するようになる。だから新たに何かを学んでも体得しても、もうそれは成長ではなく変化だ。

才能はどうだろうか。物語を創るための胆力や、持久力は。成長が終われば、衰えたり枯れたりする事もあり得るのか。周囲の学生作家と比べ、私は自ら物語を書き始めた年齢が十六歳とかなり遅い（若年デビューする友達はほんとうに皆、物心つく頃から小説を書いている）。ゆえに初めての本がデビュー作となったため、特にここ一か月はずっと初歩的なスランプや視野狭窄に陥っていた。あらゆる知り合いにアドバイスを仰ぎながらも、不安が胴にのしかかる夜が続いた。

しかし焦燥に駆られるほど、ある先輩作家がかけてくれた言葉を思い出すようになった。

「新さんは二十歳でしょ？　四年執筆休んでもまだ二十四じゃないですか」

冷静になれば、私は若いというより若すぎているのだった。唇の端に空いた14ゲージのピアスも、何もつけなければ一時間しないうちに塞がるくらいに、図太く若い。二十四という数字だって社会的には小さいのだと、そう励まされるまで知らなかった私は存分に若かった。「たしかに」と覇気なく笑う。そしてこの時期の口角にはまだ、金具は光っていなかった。
愛着を持てる船でしか旅に出たくない。船灯の色味や帆のしなり具合、船尾の反り方が他に劣ろうが優れようが、たとえボディに欠損があっても等しく海原へ放たれる。「これじゃなければ」と呪った持ち船がやがて手に馴染み、度重なる補修にめげず寄港を繰り返すうちに、風や天気をさりげなく読めるようになるのは穏やかな人生の当たり前だ。好きとか嫌いの問題ではなかった。私は自分が「何をしていても、何者になっても絶対」、この体と思考と、付き合って生きていくのだ。今の私はまだ錨を引き上げた姿でしかない。

締め切りが迫りこの原稿をもう一度開いた、五月現在。先日好きなバンドのライブに初めて赴いたため、余韻に引きずられながらキーボードを触っている。コーヒーを二分目まで残し、ちゃぶ台にPCスタンドを立てた。誤字脱字を直しながらエッセイの冒頭を読み返していく。記した中で継続して好きなもの、ここに紹介してないが新しく好きになったもの、鮮やかに在った感情の様々。タイピングの軽快な音が重なるほどに脳のモードが切り替わっていき、胸にわだかまったものが洗われていく。すっかり冷えた残りのコーヒーを飲み干し、トイレに何度か行き、ノートPCを充電しながら休憩する時間を挟みながら、淡々と文字また文字と向き合い続ける。気が付くと、やや橙を帯びた日はとっくに暮れていた。

「お久しぶりです！ってよく新さんは言うけど、一か月ぶりに顔を合わすのって全然久しくないですよ」

編集さんにそう言われてしまった事もあるし、ここまで切り取ってきた感情や出会い、旅のコマたちは実はとても些末かもしれない。若さゆえの情報量と、若さゆえに起こる、小さな革命の連続なのかもしれない。それでも執筆を続ける私と、刺激交じりのあれこれを毎時間皮膚レベルで組み込んで生きる普段の私は不可分で、めくるめく航路を進んでいるのだ。

膿もあまり出なくなり、今現在の唇にはセカンドピアスのサーキュラーバーベルが光っている。フープ状のそれは舌でささやかに転がすことも出来、気に入っている。

「私が何をしていても、何者になっても絶対」それは私でしかない。揺るがないようで生まれ変わり続ける日常を、しかと乗りこなしていくのみだ。きっと自分にはそんな旅が似合う。

愛とともに生きること

四つ葉のクローバーアーティスト

生澤 愛子　いきざわ あいこ

profile

物心ついた頃から四つ葉のクローバー探しが大好きで、光って見える感覚がある。"ときめき"と"勇気"を追求した先には、言葉では言い表せないほどの素晴らしい世界が広がっていると感じており、自分の内側にある感覚を信じて生きている。

主な活動地域

東京都

年齢

1996年生まれ、28歳

暮らしのこだわり

ときめく植物たちと一緒に生きること

つくっているもの

四つ葉のクローバーを中心とした植物のアート作品

生計の手段

主に作品販売（オンラインストア・個展・オーダーメイド等）、時々メディア出演や書籍出版等

ある日

8:00	起床、朝ごはん
9:00	お庭の植物たちに水やり、お花を生ける、掃除
10:00	メールやオンラインストア等の確認
11:00	植物屋さんに行く
12:00	友人やコレクターさんとランチ
14:00	作品制作
16:00	四つ葉のクローバー探し
18:00	夜ご飯、常備菜やお菓子をつくる
20:00	作品制作、読書
24:00	就寝

四つ葉のクローバーは、陽の光が弱い時間帯のほうが探しやすいので、午前中か夕方に行くことが多いです。創作活動は気が向いた時に時間が許す限り行います。

愛とともに生きること

自分自身の本当の願いや希望に気づいて、自分を信じて、自分が感じていることに素直になることが、創る・稼ぐ・暮らすのバランスを保つために大切だと思っています。

自分自身の本当の願いに気づいたのは6歳か7歳の頃でした。小学校の廊下で『将来は芸術家になる』というような意識が頭上から降ってきたことを今でも覚えています。その時は、「画家ではないし、ピアニストでもないな」と思ったものの、どのような芸術家になるのかはわかりませんでした。しかし、「デザイナーやアーティストは才能のある人しかなれないんだよ。(だから、たくさん勉強して良い大学に行くべきなんだよ。)」と幼少期に親から言われていたため、この体験のことはなかったことにして、心身の安全を守るためにも親の期待通りの人生を生きていきました。

中学生の頃も、本当は帰宅部になって土手で植物と触れ合ったり、物をつくっていたかったと感じていました。しかし、親から許可が下りなかったために、親が期待する全国大会に行くくらい活動が盛んな部活であった、吹奏楽部に入りました。学校の成績は良く、部活の大会でも結果を出していたのですが、なぜだか毎日一人になると涙が出てきて、「死にたいなぁ」と思うようになりました。そして、あまりにも辛い日々が続き、耐えられなくなったため、人生を終わらせようとしたものの、結局その勇気がないことに気がつきました。この頃に『あなたは将来、大多数の人とは違う人生を歩めます。今は辛いと思うけど、もう少し頑張って』というようなメッセージが、テレパシーのような形でどこからか届くようになったため、頑張って生きてみようと思うようになりました。

高校生になってしばらくした頃に、不安や恐れに翻弄されて、自分の心の声や身体の感覚を無視して生きていたから、不本意な現実が起きていることを薄々と感じることが増えていきました。つまり、私は、小学生の時から自分自身の本当の願いに気づいていたけれど、親の反対から、その願いを実行することが出来ずにいたのです。

それからは自分の本当の願いを信じることを心がけるようになりました。自分が心からやりたいことは何なのかと考えるようになり、小さな頃から大好きな四つ葉のクローバー探しを仕事にして、様々な人の人生を豊かにできたら良いなと思うようになりました。しかし、自分の本当の願いを信じることに恐怖を感じました。大多数の人となにかが圧倒的に違うと嫌な目に遭うかもしれないという恐れがあり、四つ葉を瞬時に見つけられる感覚をカミングアウトすることに抵抗がありました。四つ葉探しを仕事にしている人はおそらく世界中に一人もおらず、本当に仕事にできるのか、という不安もありました。それでも、もうこれ以上、社会や他人に合わせて生きていくことは不可能なことを知っていたため、できることから一つずつやっていくことにしました。

まずはどんな生き方があるのかということを知るために、自分らしく生きているように感じた大人の方や、学生団体やカフェの経営をしている大学生の方にTwitter（現X）で連絡を取り会いに行き、世界を広げていきました。また、勇気をだして、仲の良い友人やSNSを通して会った方に四つ葉のクローバーのことを話してみると、予想外に面白がってくれたり応援してくれる方ばかりで、ありのままの自分でいることを肯定できるようになっていきました。

高校の授業にはあまり意味を見出せず、時々サボっては土手で四つ葉探しをしていたのですが（笑）四つ葉探しをしながら、近い将来テレビに出演したり、本を出版したり、『四つ葉のクローバーで生きていける気がする』と不思議と直感したのを今でも覚えています。おそらく、実は今回の人生を始める前に宇宙のどこかで人生の計画を立てていて、それをうっすらと覚えていたのだと今は思います。

四つ葉探しを仕事にすることは、親に何年間も毎日のように反対されたし、自分でも自分のことを信じきれなくて不安で泣いたことが数え切れないくらいありました。しかし、勇気を出して自分の心のなかにあることをさらけ出すようになると、不思議と、様々な嬉しいことが起こり始めました。ハンドメイドでつくっていた四つ葉の栞を買いたいと言ってくれる人が現れたり、テレビのオファーがくるようにもなりました。プレゼンコンテストのお誘いをいただき、予想外に最終選考まで残ったために、日本武道館で四つ葉のクローバーの夢をスピーチする機会にも恵まれました。人間は、地球に来る前にやると決めてきたことを思い出し、やり始めると、様々なサポートを受けられるようになっているのかもしれません。

しかしながら、すぐに四つ葉のクローバーの仕事だけで生計が立てられた訳ではありませんでした。よって、社会人になるタイミングで、友人の紹介でヨーロッパの花瓶や雑貨を扱う商社兼ものづくりを行っている会社に、副業の許可を得た上で正社員として入りました。その時は、満員電車で疲れてしまい、早くフリーランスになれたら良いなと思っていました。しかし、現在のアーティストとしての仕事に良い影響を与えてくれたことも色々とあります。例えば、取引先がお花屋さんだったため、様々なお花に触れることによって、植物への興味が深まったこと、色彩感覚やディスプレイのセンスが磨かれたことなども挙げられます。またインテリアショップにも営業に行っていたため、どのようなものがどれくらいの価格で販売されているかということを知れたことは、今、作品を販売することに役立っているように感じます。

一年ほど会社員をしたあと、お花屋さんでアルバイトをしながら、アーティストとしての活動時間を増やしていきました。この頃は、正社員でもなくフリーランスでもなく、「20代ももうすぐ半ばになるのに、やっぱり会社員をまたやったら良いのかな」と自分を責めたり葛藤したこともありましたが、この頃に長時間お花に触れたことで感受性が豊かになりセンスも磨かれました。この時の経験が、現在の様々な植物とともにある豊かな生活と作品づくりをすることに、良い影響を与えてくれたように思います。

今、振り返ると、社会人として働いていた期間や、アルバイトをしていた期間は、「創る」と「稼ぐ」がせめぎあっていました。しかし、生活のために働いている時に感じていた不安は、克服しようとするのではなく、その不安に素直になることが必要でした。不安や恐れという感情を受け入れ、自分に素直になることで、自分の人生が本当の意味で満たされていく感じがしました。その結果、人生が全体的により豊かになっていくような感じがしました。

しかし、自分の願いに気づき、信じて、自分の感情に素直になるというステップだけが、創る・稼ぐ・暮らすのバランスをつくっていった訳ではありませんでした。自分の感覚や直感を信じて、時には常識離れしたことも行いました。例えば、感情を込めて未来日記を書いたら、本当に現実になるかもしれないと思い、実際に書きました。すると数日で作品が売れ、2週間ほどでイタリア人のインフルエンサーが作品を紹介してくれて、ヨーロッパ展開が実現しました。

まるで小説やドラマのような出来事もありました。ある日ガーデニングを手伝いに来てくれた妹を駅まで送る時に、「今日はこっちの道に行ってみよう」と不思議に思い、初めて通った道で、ストロベリーキャンドルというクローバーの仲間が素敵に咲いているお庭を見つけました。お花を眺めていると家主さんが出てきてくださり、「よかったら持っていきますか?」とお花と種をプレゼントしてくださいました。そこから話が弾み、植物とコミュニケーションをとれることや宇宙の話をして、連絡先を交換したら「うちのストロベリーキャンドルで作品をつくってくれませんか?」というメッセージが届きました。その後改めてご自宅に伺いお庭のストロベリーキャンドルの四つ葉を摘ませていただきました。その四つ葉で『植物の小宇宙』というタイトルの作品をつくり、その家主さんに購入していただくという不思議な出来事がありました。

最後に、問いの答えをまとめると、創ること・稼ぐこと・暮らすことのどの面においても、自分の内面と向き合い、恐れや不安からではなく愛に従うことが、豊かな人生をつくってくれました。また、創ること・稼ぐこと・暮らすことは全てが繋がっていて、どの項目も人生と他の二つの項目を豊かにしてくれるものだと考えています。本書の問いにあるバランスの保ち方と聞くと、How to や To do リストのようなものを想像するかもしれませんが、そのようなものは存在しませんでした。

不安や恐れも含めて全ての感情や出来事があって良いものだと受け入れ、自分の感じていることを自覚し素直になることや、一瞬一瞬のときめきやワクワクを大切にして、時には勇気がいる選択をすることで、創ること・稼ぐこと・暮らすこと、これら三つ全てがより豊かに満たされるのだと思います。

洗えばきれいになる手

薪ストーブ職人（株式会社ファイヤピット代表）

大石 守　おおいし まもる

profile

レンガ仕事の曖昧さとスピード感が好き。面倒臭いは無い。海より山。話すより書くほうがイイ。喋りすぎは誤解を生む。誤解には慣れている。おいしいものが好き。酒は弱い。音楽とジーンズが好き。

主な活動地域	年齢	暮らしのこだわり
北海道函館市、全国各地	1970年生まれ、53歳	田舎暮らしは都会のグレードダウンではない

つくっているもの	生計の手段
レンガというフォーマットを利用して自由な設計の薪を焚くあったかい蓄熱式のヒーター	鉄製の薪ストーブとレンガのヒーター

ある日

5:00	起床　コーヒーと今日積むレンガについての思案
6:00	朝食　普段は食べないがチャイとパンを食べる
6:30	朝風呂
7:00	現場に出発　現場でヒーター組み 音楽は欠かせない
18:00	片付け
23:00	就寝

出張先でヒーターを組む一日。現場帰りにスーパーで夕食の買い出し。戻ったら洗濯と風呂。自炊で夕ご飯。ちょっとしたデスクワーク、ZOOMが入ることも多い。

洗えばきれいになる手

一括りにすることを全て時代に責任を擦り付けるつもりはないが、未来は明るいと育てられた世代の幼少時代を過ごした。「頑張れば幸せになれる」みたいな美徳を信じ大きくなり、義務教育で程々成績が良かったはずの私は、学校生活に挫折しドロップアウトというコンプレックス付きで世の中に放り出され、現場で働き始めることとなる。

大人になるって？　自立って？という問いに対しては周りよりちゃんとした答えを欲しがっていた気がする。好きな事をするには、好きな事を言うには、もしくは誰かに好きって言うには、自立しなくてはいけないのではないかと考えていた。当時好きだった事との距離を想いつつ、葛藤はあったものの自立に対して焦燥感や怒りに似た自己嫌悪さえあったような気がする。自立を最優先したのはそれをせざるを得なかったというのが正解だろうか。美徳のスローガンはしっかり横についてまわり、何個か会社を変わりながら担う責任は大きくなっていった。

自立というワードにも興味が薄れたくらいの頃、食べるための糧、自立のための術としていた仕事にて32歳で独立した。当時は会社が固定経費を減らすために沢山の人が押し出される形で独立した。今考えるとこれは独立と言わないのかもしれない。ただ独立していわゆる〝成功〟した前例はいくらでもあったし、そうなればいいやくらいの低い目的意識しかなかった。一人の人間として自立を望んでいながら流されて生きていたと昔の自分を断罪したくなる。低い目的意識の私にとって独立は思ったより厳しく、その時々の足りないものが日々洗い出され、試され、晒された。よかったのはその時の私は、失敗を存分にする時間と若さがあった。日々楽しんで血肉化した。そういつでも私を支えたのはあのスローガンである。

「頑張れば幸せになれる」とは誰が言ったのだろう。母親だろうか。そうだとしたら母は頑張って幸せになったのか、頑張ったけど幸せになれなかったのか。子供心に一定の矛盾と混乱があり続けたのは、貧乏で働き詰めの母を見て育ったからだろう。洋裁で我が家の生計をたてていた母は朝から夜遅くまでミシンを踏み、針を動かしていた。が母は明るく家を包み、貧乏だったのはロクデナシの父親のせいだと理解するのになんと大人になるまでの時間を要した。

よく考えるとそんなスローガンは誰も言ってないのかもしれない。その時の母が報われてほしいという願いがそう深く刷り込んだのかもしれない。恐らくは最期まで裕福とは縁のない母だが、少しずつ私が力をつけるにつけ、少しずつ母が小さくなるにつけ、母のやり方を踏襲して幸せまでたどり着くのが母の敵討ちにならないか？みたいなところまでスローガンを昇華させてしまう。

30代の最も気力体力の充実している時をまるで敵討ちに使った私はそれなりに収入は得たが、体力の成長曲線のピークを過ぎたところでようやくあることに気づく。沢山働き得たつもりになっていたのは、ただただ長い時間働いただけ、スローガンの大儀とあり余る体力が邪魔して気づけずにきてしまっていた。しかも、敵討ちは母親と同じく安く実直でなければいけないのだ。独立して作った会社は長く働いたのにも拘わらず利益というものを生み出すことができなかった。一生懸命やっているのに何故？という疑問と戦い続け、報われないと神様を憎んだ。当時の私は元旦以外は休まないのを数年間続け、これでは人間らしい暮らしというものも当然できるわけもなく、何のための一生懸命なのか完全に見失っていた。

それでも多少無謀なローンで自邸を建設したことをきっかけに38歳から薪ストーブというものを事業に取りいれる事となる。そもそも大好きで自宅に設置したものであるし、薪のある暮らしの魅力は沢山の人々の人生を変えるほどで、今でもそれを仕事にしていこうと決めた時のワクワクした電話を雨と場所とともに覚えている。

好きなものを仕事にする喜びと苦しみはそれまでと違い格別だった。よかったのは、ここへ来るまでに現場職人としてなんとか一人前になっていたということで、普遍的価値ともいえるパスポートを手にして新しい事業に向かっていける面持ちであった。忙殺されて暮らしは相変わらず犠牲になっていたが、好きな仕事に満たされていく日々は悪くなかった。好きなものを生業にすると急に世界は変わり始めた。好きなもので生きている人がどんどんキャストとして現れる。志の高い全国の同業者と次々と知り合い、魅力的で面白いお客様や、それまでだと絶対に会う事がないような方が次々と現れその付き合いは成長して現在にも至る。同志や人生の先輩からは沢山の学びがあり、学びが新しい出会いへとつながっていく。特別に以前に比べ背伸びしているわけでもアクセルを強く踏み込んでいるわけでもないのに、環境によって自分の価値が突然変わったような感覚さえ覚えた。こちらは変わっていないのに生む効果が違う、というのはいかに環境が大事かということを強く強く、この時思い知った。この変化が無ければ私は今生きるのに使っている自分の感受性や個性に全く気づかないまま過ごしたのかもしれない。

喜びと苦しみは格別、と前述したが、好きなものを生業とした苦しみとは、こんな感じである。好きな仕事なので当然高い目的意識もある。地域のあったかいを自分が創るのだ、みたいなたいそうな理想論ですら貪欲に手繰り寄せる。当然全てのお客様と相性が合うわけではないだろうし、忙しすぎることでお客様に迷惑をかけることも多々ある。こっちとて休まずやっているのだが行けなくて怒られたりした時、私という人間そのものが間違っているのではないかという念にかられる。好きな仕事をしているのにも拘わらず、自己肯定感はどんどん下がっていく。

この頃例のスローガンはどうなっているかというと、沢山の人を見て自分でも経験して気づいたのか頑張れば幸せになれるという美徳は分解されていた。

〝頑張れば〟の部分は、私は頑張るのが好きなので頑張ればいいし、目の前のものを頑張ってしまうという自分の癖については疑う余地もなく既にどうでもいいことであった。

〝幸せ〟についてはさらにややこしくしてしまっていたが、あくまでも幼少期のそれの意味で言うと、〝頑張る〟と〝幸せ〟は、さほど関係が無いように思う。裕福という物差しをあてると頑張っていないのに裕福な人は多くいるし、大体裕福な人は頑張ったから、自分の努力が正しかったから今の裕福があると帰結させている人が多い。痛みと同じで所詮人の頑張りなぞ定量化できるものでもない。

そのことに気づいたくらいの時、母の敵討ちまで昇華させていた気持ちも消失する。どうしたって30代を捧げたのだ。敵討ちというならば、もう私はしたのかもしれないし、敵討ちに終わる人生ではなく、自分が幸せになることが自分にとっても母にとっても大切なことだと当たり前のことに行きつくまでにひねくれた性根のせいで膨大な時間と労力を使った。ふわっとした象徴的な言葉としての〝幸せ〟ではない、「自分にとって幸せってなんだろう」と具体的に考え、それに向かうことが必要な歳になっていた。同時にスローガンの中の〝幸せ〟が包括しているものの中からお金というものも消えた。きっとそれまでは無意識下で大きく占めていたのではないだろうか。お金に欲が無くなったわけではない。生活に必要だし老後にだって必要であろう。自分の好きな仕事をしていく上でも必要なものだ。どうも仕事をしてきて自然と大事にしているものはお金ではなく仕事上の満足としてきたことを考えると、自分は仕事でいわゆるお金持ちになることは無いと理解し整理した。そのことでより自分が喜ぶものが何なのか見えてきた。

現在薪ストーブの仕事から派生してメイソンリーヒーターというレンガで2〜3トンある蓄熱式の薪ストーブを地元や全国各地で創る仕事に全精力を注いでいる。色々な事が出来ても、今自分がするべきことはこれと迷わず言えるのは歳の数のせいだろう。20、30代の好きでもない仕事と言ってしまえばそれまでだがそれを全精力でやっていたらそこが全く無駄にならず天職の糧となったのは、図らずもしてきた大きな準備のようであった。今は自分の仕事にしっかりと価値をつけて仕事人生を終いに向けることが自分に仕事に失礼のないことと肝に銘じている。そこは肝に銘じないと出来ない。

ヒーターを創るのは全ての知識と技術、全体力を詰め込めるところが素晴らしく、この年齢でそれができる丈夫な身体を持っていることは母親に感謝したい。歳を取ることは積み重ねる成長ばかりではなく、老化との闘いでもある。それもまた日々全ての人が未経験なのだ。敵討ち時代のようなアクセルの踏み方は流石にできなくなった。能動的にシフトダウンするなかでようやく自分の〝暮らし〟というものが見えてきた気がする。あまりにもいびつすぎたバランスのままではいたくない。仕事と自分らしい暮らしをバランスさせることも50代で手に入れたい。

小さい頃漠然とホワイトカラーになるものだと思っていた。大人になったらワイシャツを着ると。しかし毎日ドロにまみれるのが天職だと感じるのは幸せなことだと思う。もしまっすぐな性根で、コンプレックスもなく、今の仕事にたどり着いてやれていたら？というタラレバはしてみたくなる。寄り道もなく、稼ぐことの意味も仕事との距離感も最初から今の価値観で捉えられていたら。自分が幸せになるためにお金はどれくらい必要なのか信念として持てていたなら。自立にこだわらなくていい立場だったら。目的意識を持って独立できていたら。何になりたいかしっかりデザインされていたら。近道と回り道、どちらがいいのかはわからない。残された創る時間、自分を諦めず平凡な小さな才能であってもそこを使い切ることを続けていくしかない。

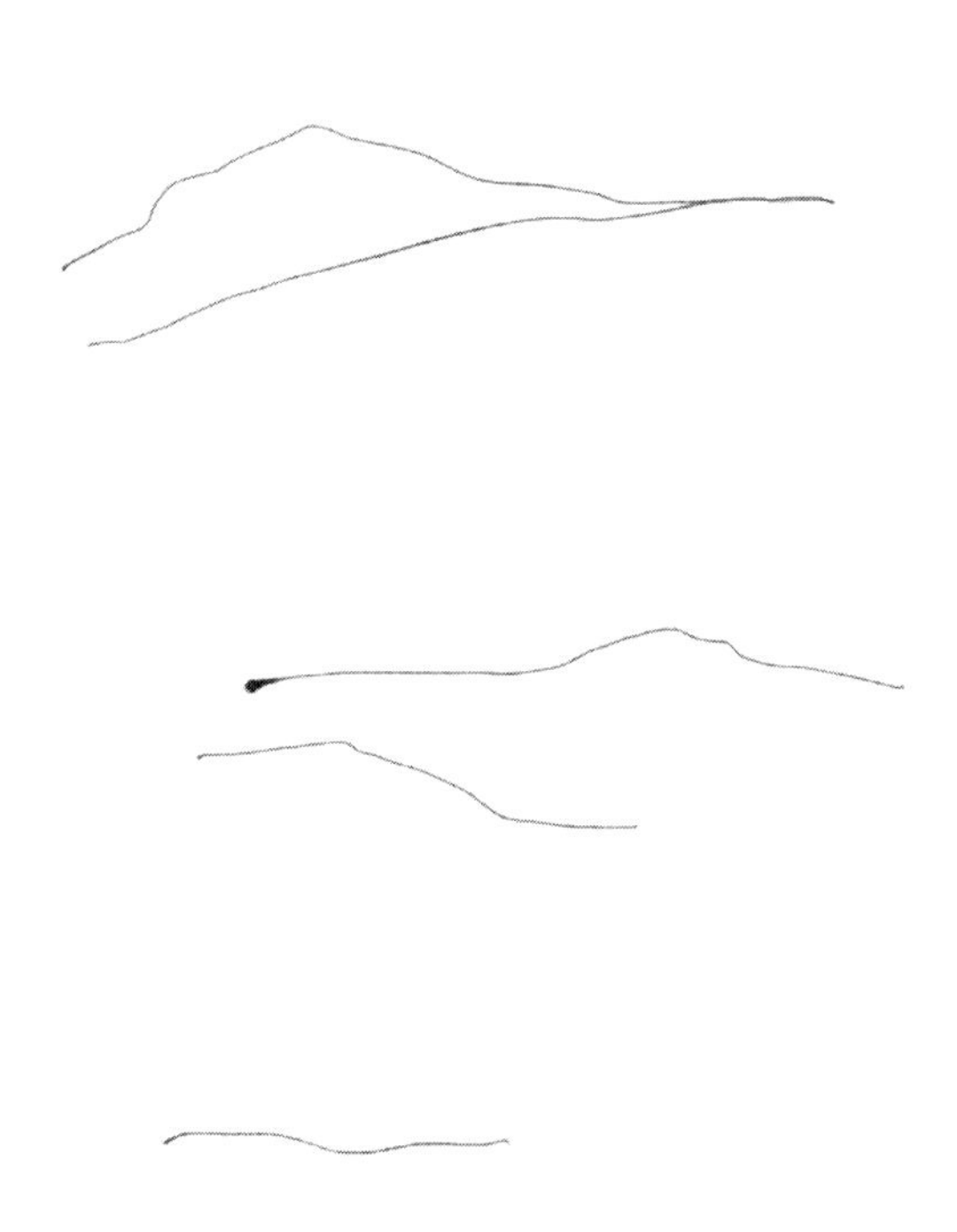

正解のない問いに対して考えた

おおば製パン店主

大場 隆裕　おおば たかひろ

profile

自作の薪窯で古くからの製法でパンを作っている。こういうパンが本来のパンであると信念を持って少しずつでもお客様に分かってもらえるようにどうすればよいかと日々考えながら仕事をしている。

主な活動地域
北海道
森町

年齢
1974年生まれ、
50歳

暮らしのこだわり
面倒くさがりの性分を
克服しようと努力してみようと
思うようにしていること

つくっているもの
自家製酵母パン、焼菓子

生計の手段
自家製酵母パン、焼菓子の販売

ある日

3:00	起床の予定…
4:00	翌日に焼成するパンの仕込み開始
7:30	窯に火を入れる
8:00	仕込み終了。成形作業
10:00 - 12:00	前日仕込み、成形したパンの焼成 / 開店 / 焼菓子の仕込み、焼成 / 翌日の仕込みの計量 / 片付け
16:00	閉店
17:00	薪運び等々
18:00	作業終了と同時にビールを呑む
19:00	風呂に入り晩御飯
20:00	酔いが回り眠くなる
21:00 - 22:00	就寝

規則正しく不規則な毎日。
仕事終わりの一杯の為に頑張る日々を過ごしている。

正解のない問いに対して考えた

私はパン屋を営んでいる。小麦粉と塩と水で酵母を起こし、自作の薪窯で「パン・ド・カンパーニュ」という酸味があって大きく焼き上げる、フランスの田舎で古くから食されてきたパンを主に作っている。当然ながら普段から巷の総菜パンや見た目も美しく焼き上げた甘い菓子パン、真っ白い小麦粉でふわふわしっとりの食パンがお好きな人々には「美味しい」と感じて頂けないパン屋だ。しかも店がある場所は人口1万5千人に満たない町の外れにある。

どうしてこのような場所で好みがはっきりと分かれるようなパン作りを生業としているのか。これまでを振り返ると、高校生活は何となく過ごした。だから大学や専門学校への進学なんか微塵も考えず、明確にやりたい事が有る訳でもなく、卒業するまで就職先も決められず、行き当たりばったりの数年間を過ごした。コンビニや大衆食堂でのバイト、原発での仕事、下水道施設の配管取替、機械据付など他にも短期間で辞めてしまった仕事を幾つも経験した。職を転々とした時期から今の仕事に収まる最初のきっかけは「喫茶店をやりたいな」という思いからだった。何かの小説で読んだような、コーヒーの濃い香りが漂う仄暗い喫茶店の不愛想な店主…みたいなものに憧れ、「コーヒーと一緒にケーキも?」との考えから専門学校へ行く決断をして、卒業後にフランス菓子職人として経験の積み重ねを始めた。

当時は文字どおり「ぶっ倒れるまで」働いた。早く仕事と知識を身につけたいと、時には物に八つ当たり、後輩を罵倒し、お互いに楽しく仕事をすることなんて考えもしない、そんなことだからいつしか体調を崩した。今思えば当時の自分の至らなさで周りにも自分の身体にも迷惑をかけてしまっていた。そんなことを経験してようやく自分にとっての「諦めること」の大切さがわかり始めてきてから少しずつ気持ちも楽になるようになった。自分を取り巻く環境や、周りの人たちに甘んじて期待ばかりしていては駄目だ。

2011.3.11、東日本大震災。津波の映像。誰もがみんなそうだったように私も大きな衝撃を受けた。ほんの数分前まではいつもと変わらない日常生活を送っていたのに、あっと言う間に全てが奪われてしまう…そんな現実を突き付けられた。当時はまだ菓子屋に勤めていた。この時期はホワイトデー間近で商品の製造で忙しくしていたさなかの大震災だった。

『いつか、必ず、死ぬ』―そんな思いをあらためて深くした。

それ以降、仕事に対する自分の感情が変化した。「このままでいいのか?」本当に自分が納得できる事に挑戦したい。だったら周りの人たちや家族に迷惑をかけない程度に自分の想いに出来るだけ忠実に行動しないと後悔するだろう。自分の店を持ちたい…そう考えることが多くなっていった。

その頃から何がきっかけかは忘れてしまったが、広島県にある薪窯パン屋「ブーランジェリー・ドリアン」の店主、田村陽至氏のブログを読み漁るようになり、その考え方や日本におけるパン文化に対する想いを緩やかで面白くわかり易く伝えてくれる文章に刺激を受け、田村氏の作るパンに魅力を感じ、一気に自作の薪窯で焼く自家製酵母パンの世界に憧れた。同時に強くこの道に進もうと決めた。勤めていた菓子屋には今までの大きな御恩があるため、迷惑をかけてしまわないように想いを伝えた。田村氏にどうしても研修をさせて欲しい旨の手紙を送り、それを快く受け入れて頂き、上司や家族の理解を得て広島へ行かせてもらえることになった。氏が積み重ねてきた技術と知識をひと月という短期間の研修ではあったが、必死になって吸収させてもらった。

パンの作り方は勿論、発酵のこと、薪窯のこと、働き方、作ることよりも売る方が難しいということ…いろんな物事への考え方、捉え方も見習うべきことがあった。自分の店を始めて、日々の仕事にそれらを上手く落とし込めているかというと、まだ道半ばといったところだ。

商売は思い通りにいかないことばかりで、中でも痛烈に実感していることは「作ることよりも売ることの難しさ」だ。先にもあるように、私の作っているパンは多くの人々が美味しいと言って食べてもらえるものではない。だけど、昔ながらのこの方法で作られるパンが本来のパンだと強い信念を持っているから、お客様に少しずつでも良さを解ってもらえるように、食べ方の提案方法や販売方法などを日々模索している。

私の場合は、「創る」ではなく「作る」という文字の方がしっくりくるのではないか。誰にも真似できないような味わいや食感、斬新な見た目を追求したりすることなどは創造的なことだから「創る」。私が日々作っているパンはその逆である。何か新しいものを生み出すような仕事ではないからだ。昔からの方法や技術で毎日同じように焼きあがるように生地の状態と周りの環境を整えているだけだ…全然創造的ではない。誰にでもできることを仕事にしていると自覚している。

あらためて考えると「作ること」≧「稼ぐこと」＝「暮らすこと」となるように思う。どれもが同じように重要だ。それらのバランスを保とうなどとは考えていない。

「作ること」のようにある程度の技術や知識が必要になることが出来るようになる為には、どうしても費やさなければならない時間と労力があるので、それぞれの人生の中でそのような季節の時は、大きな夢や目標を自ら掲げて精進するべきだし、自分にもそのように仕事と向き合った時期があった。ただ、今になって思えば、もっと頑張っておけばよかったと思うことが多い。過去を振り返れば誰でも同じ思いがあることだろう。

そんな中で「稼ぐこと」は今私が最も頑張らなければならないことである。自分で店を始めるまでは作ることだけに専念してお給料を戴いていたから「どうやって売るか（稼ぐか）」などは考えてこなかったからだ。どうすれば良いかと毎日考えている最中でこれだと思える答えが未だに見えて来ない。それどころか今の世の中には不安になってしまうような事ばかりで気が滅入ってしまう。前向きな思考の持ち主であればこんな悩みも明るく楽しく乗り越えることができるのだろうが、生憎私はそうではないので正直言って、もがいている。パン食文化ではない国で、しかも田舎のパン屋で「パン・ド・カンパーニュ」を焼いてもはっきり言って売れないし、売りづらい。だけど、少数ではあるけれど必要としてくれるお客様がいる。この味わい深いパンの良さをジワリジワリと広げていけたらと考えている。

それでも何とかこうして日々「暮らすこと」が出来ているのはとても有難い事だ。毎月決まった日にお給料がもらえる仕事ではないし、時間と手間をかけて作ったパンが残ってしまうことがないようにあれこれ手を尽くして漸くお金を得ている。毎日、妻との二人三脚で頑張っているし、これからも頑張り続けなければならない。養うべき家族もいるから必死に仕事をしている。家族環境が違っても誰もがみんな必死になって暮らしを維持しているのだと思う。私の仕事だけではなく世の中のどんな仕事も皆それぞれ「稼ぐ」ために「作る（創る）」ことで、直接的にも間接的にもそれを求めてくれる人々の役に立つことで利益を得て「暮らすこと」ができているのだ。

ある程度の年齢になった現在では、これから先の大きな夢や目標などもない。世界が平和で、私の作るパンでお客様が喜んでくれて、家族が不自由することなく、健康で、仲良く、安心して過ごせる場所があり、質素でも美味しく御飯を食べることができれば有難い事だ。それ以上の望み…もっとみんなが穏やかに過ごす事ができる世界になればいいな…なんてことを思っている田舎のパン屋だ。

野育(のいく)から農を見つめ直す

農家・百姓／
ファームガーデンたそがれ園主

菊地 晃生　きくち こうせい

profile

宝暦7年(1757年)にはじまる農家の12代目。前職はランドスケープデザイン。消費的な暮らしに閉塞感をいだき、20代後半で帰農。当初は自給的な農を志すもしだいに人とのつながりのある農のあり方に関心を抱くようになる。

主な活動地域	年齢	暮らしのこだわり
秋田県 潟上市	1979年生まれ、 44歳	四季を楽しむこと、 自然の観察

つくっているもの	生計の手段
米、麦、大豆、野菜全般、 農的暮らしの学び場	農産物(原材料)生産、加工品生産、 それらの販売、農的サービス

ある日

4:00	起床、水門番から朝飯までの農作業
7:00	こどもたちの見送りと朝食
8:00	農作業
12:00	昼食
13:00	農作業
19:00	夜ご飯
20:00	就寝

春から秋までの基本的なタイムスケジュールはこんな感じです。
冬はのんびり。

野育から農を見つめ直す

植物というのは、僕ら人類につくりだすことができない。つくることができるとすれば、その植物が育つ〝環境〟であり、彼らのために想いを寄せるということかもしれない。正解がないという視点においても、農業は子育てとよく似ているのではないだろうか。

植物に影響を与える要因としてその土地固有の土質や水利のほかにもその年の気候、降水量、日照量、風量など一定ではない自然条件も勘案することが求められる。また植物の根からの養分吸収には、微生物の関わりが関係しているとも考えられており、地上部の生長を観察しながら、土中環境の状態を診断、把握することも求められる。作物は、植栽者の意図に即した生育を求めるものなので、生産という行為には、そのようなたくさんの影響要因が相互に関わっており、それらの関係性を最適化するということでもある。他方、販売という側面では、食べる（求める）方々との関係性構築の必要がある。もしかしたら農家という職能に必要なのは関係性を紡ぐということなのかもしれない。土壌に住まう億万の微生物による即興オーケストラのような世界を日々観察し見届ける必要がある。公園でおにぎりを食べ米粒を落とした時、数分かからず蟻などの虫が群がるのを目撃したことがあると思う。いのちは即興なのだ。

僕にとっての〝つくる〟は作物の育つ環境、人類の食糧、水田風景である一方、それらを買ってくださる方への〝商品づくり〟もある。営農指導に従った栽培をすれば全量買い取ってもらえるような流通があるのに、選択したのは農薬や化学肥料を使用しない有機栽培のなかでも自然栽培と呼ばれるようなマニアックな選択肢だった。商品というアイテム手段を取るが、僕はメッセージを込めた手紙、そんなものをつくりたいと思ってきた。

そもそも、先祖代々の農家の家系に生を受けたが、幼少期に家業を手伝ったという記憶はほとんど無かった。記憶として浮かんでくるのは、赤トンボを追いかけた稲刈りの一コマ、干し草の匂いとコンバインの機械音、家族揃っての連携プレーに汗を流している祖父母や父母がいた。空には無数のトンボが龍のように群れ泳ぎ、春には泉の湧く水路で小魚を追い、夏の夜はホタルに目を輝かせた。こどもの頃に見た田んぼでの風景がフラッシュバックするような思いで、30歳になる手前で田んぼに還ることになった。

農業を始める前に、ランドスケープデザインという空間設計の仕事に携わるなかで、自らの暮らしを求めるようになったことも理由の一つだ。暮らしを自分たちの手に収めたい。できあがる空間の質よりも、自らの暮らしの質を高めたいと思うようになった。

何ができるかはわからないが、まずは自分たちの暮らしの足場をきちんとつくりたい。自給自足をキャリア引退の老後に先送りするのではなく、今すぐそれをやりたい。そんな気持ちが湧いてきて、収入もないのに妻に家族になってくれないかと申し込んだ。

幸い、先祖代々から受け継いだ農地と農機具一式などがまだ使える状態で、すぐにでも継業できる状態にあった。ただ、何から始めたら良いのかもわからない。そこで最初は、大規模農業法人で農業の基礎を教わることにした。しかしながら、そこで感じた違和感は、〃自分のビジョンはここにはない。自分なりの農のありかたを模索していくしかない〃という考えにつながった。そうして、農薬や化学肥料を使用しない栽培法や、自然栽培と呼ばれる農法も取り入れて、想いを描いていくこととなり、収穫した農産物も自分たちで販売することにした。

そんな想いに反して、農業を始めた当初は、無農薬だからといって他と価格差もある農産物を店頭に並べてもらうことも難しかった。栽培は自然相手だけど、販売は人間相手である。ビジョンを伝え、買ってもらうためには、米だけではダメだと思うようになり、大豆や小麦、野菜類や果樹なども栽培するようになった。しだいに地域の直売所や、スーパーに専用コーナーを用意していただけるようになり、多方面の方々からの後押しがあって、10年後くらいでようやく事業として回るようになってきた。

販売が順調になると、何のために作物をつくっているのかという新たな疑問も生まれてきた。農的暮らしを求めて始めた自給的な作物づくりが、お金を稼ぐための道具となっているんじゃないか。キャベツ1球100円、きゅうり3本で100円、何本とればいくらになって、何株植えれば販売額がこれくらいになる。農作物に値段をつけることがだんだん嫌になってくる。そんな発想は〝農的暮らし〟のあり方を〝農作業者〟として落とし込み、自律的な発想から資本主義的方向に置換され、観察の視野を鈍化させる。そんな思考に纏わりつかれるなか「売るための野菜づくりをやめたらどうか」と思うようになった。いきなりそれに気づいたのではなく、消費者を畑に招いての時間、〝畑 de マルシェ〟や〝野菜・枝豆の収穫体験〟、〝野育園〟という農的暮らしの学び場をひらいて以来の様々な交流と実験を経てからのことである。

幸運にも4人ものこどもを授かった。先の3女に末は男子。長女3歳、次女1歳の時、家事と育児のパニックで周囲がそうするように、あまり考えずに幼稚園に預けようと思った。毎朝、長女を園に送り届け自分たちは仕事をする。アレ仕事って何だったんだっけ？　それはまるでお金を稼ぐことのようで、子育ては他人に任せているように思え、暮らしを自分たちの手の内にという初心に反しているんじゃないかとさえ思えた。

幼稚園に見送る苦痛に悩んでいるうち、自分たちでできるんじゃないかというイメージが湧いてくるようになり、ある日、「幼稚園やめて父さんと野育園に行かない？」と提案し、田畑で長女と過ごすようになった。野育（のいく）とは文字通り、野に育つ草花や木々のようにしなやかで健やかな営みのような子育てをイメージして名付けた我が家の子育ての名称。そこは自然の営みと隣り合わせで、観察と感覚を根底においた自然教育という意味合いを持っていた。

農的暮らしには、自らの時間を生きたいという意思がある。自然の豊かな恵みを感じ取り、季節の味わいを口にしたり、虫の声、鳥の声、時に訪れる動物の姿や背後に存在する自然の大きさを感じたり。長女を連れて田んぼにでかけることが日課となり、視点が低くなる自分がいた。きいちごをつんだり、野花を観察したり、毎日どろんこになって笑い泣き。僕にとっては既知の情報は、こどもたちにとっては、新しい世界の体験なのだ。

そんな長女との野育の時間を一年すごして、そんな発見を周囲に伝えていたら、翌年から子育て世代の家族や定年退職後に農を目指す方、現役大学生などが集ってくれることになり、「たそがれ野育園」という農的暮らしの学び場のプログラムを公開で運営することになった。0歳から70代までの多様な世代が集う田んぼに立った時、農業というのは、生きるために必要となる〝食糧生産〟というだけの役割だけではない、〝学び場〟としての可能性をそこに感じることができた。

たそがれ野育園のプログラムとして、最初に考えたのはお米の自給体験だった。一枚の田んぼを分割し、参加者が自らの区画をマイ田んぼと見立てて、種まきから、田植え、草取りを2、3回行って夏には稲穂の出穂を観察する。登熟がすすんだら、鎌で1株ずつ借り結び、ホニョと呼ばれる杭がけで自然乾燥し、最後は足踏み脱穀機で籾を扱き、収穫したお米は各自で持ち帰る。園でこどもをあずかるようなことは僕らにはできるはずもなく、お子さん連れで来て、田んぼに入ったり、稲づくりを楽しみながら家族で農的暮らしの体験をしてもらえたらと考えた。

そうして、一年を通して田畑や農、食の自給や行事食づくりに関われる場づくりを始めた。参加者には、年間の入園料を設定することにした。なるべくお金のやりとりの頻度を少なくすることで、それに囚われることを軽減したいと考えた（とはいえ、来てくださる方々はその都度、農産物を求めてくれたりして結果的に農産物の売り上げも伸びることになった）。一年間の入園料は僕のフィールドへのパスポートとなり、いつでも遊び（作業）に来ても良いことにした。我が家の子らにとっても遊び相手が訪ねてくれることは願ってもない機会だった。こどもたちは瞬く間に打ち解けて、田畑の脇や裏山を駆け回る。〝そうか、現代の子達には、管理されていない自然の遊び場すらないのか。ここは、ある意味現代社会の逃げ場になるのかも〟と思ったりもした。

たそがれ野育園というコミュニティがこうして生まれて、そのなかでの実験的な取り組みを参加者と相互に考え実践してきた。僕らがここでやりたかったことは、田畑という生産現場へのリアルな介入と食加工生産の挑戦と実践、それに農的サービスという、農という世界をまるごと包み込んだ営みである。何よりも、お金のために原材料を生産するより、こどもたちや関わる方々との笑顔と満足の声をダイレクトに交換する喜びがある。そんななか一枚の水田で見ると10万円／1反の販売額にしかならない原材料生産は、ずっと以前から原価割れを起こしており、その5倍以上の収益をもたらしてくれる「農的暮らしの学び場」づくりはこれからの農業の希望となりはしないだろうか。

つくる、暮らす、稼ぐのバランス。もしたくさん稼ぎたいなら僕の方法は無用かもしれない。丁寧に暮らしを営む。そのうえで必要なお金を稼ぐという必要はある。耕作面積に支配されるという側面もある。農家がいなくなるのと反対に一農家が受け持つ面積は大きくなる。規模が大きくなることで「稼ぎ」に縛られることにならないだろうか。

それでも僕が大事にしたいと思っているのは、家族農の単位で、暮らしの質が向上していくような日常のつくり方。ワラを編むように、糸を紡ぐように足元に転がる資本を見渡せば、ここに全て在ると気づくことができるのではないだろうか。

うどんとひも

詩人・国語教室ことぱ舎代表

向坂 くじら　さきさか くじら

profile

エッセイや小説も書きます。「Anti-Trench」という朗読とギターのユニットで音楽活動もしています。出張講座やオンライン講座もやります。最近友だちがいないと自称するのをやめました。結局ずっと他人の問題について考えている気がします。

主な活動地域

埼玉県
桶川市

年齢

1994年生まれ、
29歳

暮らしのこだわり

ごはんを作ると
気落ちしづらい

つくっているもの

詩や文芸・教室

生計の手段

執筆、教育、イベント出演のうち、どれかが安定して基盤になると一番いいのですが、現状ちょうど三分の一ずつに分かれているような感じで、まったく落ち着きません

ある日

7:00	起床　ストレッチと思いこんで布団の中でこにゃこにゃ適当に動く
7:30	朝ごはん
8:00	メール返信
8:30	連載エッセイの執筆　血行不良をおそれ、三十分に一回立つ
10:30	打ち合わせに向かう
12:00	イベント企画の打ち合わせ
14:00	帰宅　本やらさっき書いた原稿やら読む
15:00	洗いもの・晩ごはんの準備
16:00	歯みがき
16:15	授業準備
16:45	授業（1コマめ）小学生が多い
19:00	授業（2コマめ）中学生が多い
21:00	晩ごはん
21:30	テレビを見ている夫を横でながめる
23:00	就寝

歯みがきをするタイミングを歯医者に「ありえない」といわれたことがあります。

うどんとひも

えーっ、詩人、詩人ってごはん食べられないんでしょう。と言われて、ははーん、これはまた仙人か何かだと思われているんだな、と思った。詩人として行った仕事で会う人たちに、よくそんなことを言われるのだ。一番多いのが、「生きてる詩人ってはじめて見ました！」それでもう手慣れたもので、「ふふ、そうですよ、霞やなんか食べてるんですよ。なんちゃって。さっきうどん食べてきましたよ！」などと軽妙に返したところ、相手はなにか釈然としない顔。もう一度あらためて、「いやあ、食えないって言うでしょう」と言われる。

そこではじめて、収入の話をされていたのだと気がついた。

正直に言えばその人の言うとおりで、わたしが詩で食えているとは言いづらい。そして、おそらく多くの詩人はそうであると思う。詩人どうしでそういった話になると、目配せみたいにささやく人もいる――「まあ、詩だけで生計を立てられている日本人は、ひとりかふたりしかいないらしいですからね！」

わたしの現状としては、一応フリーランスとしてやりくりしてはいるものの、どこまでが詩の仕事かはあやしい。エッセイや小説も書き、国語教室を立ち上げ、出張授業や講演会なんかも引き受け、地域のフリースクールや都内の進学塾でも教えている。詩の収入とそれ以外の収入とを比べたら、断然後者のほうが多い。そうして、さしあたっては、それでよしとしている。なにが本業かはさして考えない。わたしは第一に詩人であって、そのあとにいろいろな仕事を持っている、というような、大ざっぱな構えでいる。

そんなふうに構えていられるのも、詩というそもそも稼げないジャンルのおかげかもしれない。音楽家の友だちたちは口をそろえて、音楽で稼ぎたい、稼がねば、というようなことをいう。確かに音楽ならうっかり稼げることもあるだろうから、そうでないと思う気持ちもわかる。けれど、もとより稼げない詩というものを選んでしまった以上、「いかにして詩で稼ぐか」よりも深刻に、考えないといけないことがあるのだ。

すなわち、いかにして書きつづけるか。それはつまり、いかにして生きつづけるかということでもある。

就職せずに大学を卒業し、えいやっと詩人を名乗り出してからというもの、常に「詩の収入」と「それ以外の収入」の二本柱でやってきた。「それ以外」の中身はころころ変わって、家庭教師のアルバイト代だったり、会社員としての月給だったり、業務委託の事務仕事の収入だったり、間借りで週に一回開けていた喫茶店の売上だったりした。おもしろい仕事もたくさんあったけれど、組織で働くことにはどうも向いていなくて、なによりもやっぱり詩が好きだった。

ときどき、自分でそのふがいなさがおかしくなった。来る日も来る日も働きに出ては、詩という甲斐性のない連れあいを養っているような気がした。詩だって少ないながら仕事でやっているはずなのに、これはおかしい。多くの人はふつう仕事に養われているのに、わたしばかりが仕事を養っている。ねえ、詩よ、信じて待っているんだからね。はやくわたしを養ってよね……と、思わないこともなかった。

人によってはそこで、一旦ほかの仕事を手放して専業を目指すのかもしれない。家族や友だちやパートナーに金銭的に頼りながら夢を追う、なんていう話も聞く。けれど、わたしがどうもそれに気乗りしなかったのは、結局いつまでも書きつづけたいと思っていたからだった。

書くことはわたしにとって、いっぺん全身で賭けてみて、だめだったらどこかで諦めてしまえるような、きらきらした夢ではなかった。もっと暗くてぬるぬるしている、自分という存在にいつのまにか癒着してふくらんだ腫瘍みたいなものだった。だから賭けなかった。誰かに金銭的援助をもらいながら書くのには限界があるし、幸い書くことにはほとんどお金がかからない。時間はかかるけれど、しかしまとまった時間でなくてもいい。こま切れになった仕事のあいだの時間でも、少しずつなら前に進める。

そして、書きつづけるためには、生きていないといけない。自死の日取りを決めるのが日常だった暗い少年時代の反動で、自分の力で自分の生命を保つこと、ようは生計を立てることに、みょうなこだわりを持ってもいた。何度も死にたいと思わされてきたからこそ、あてつけみたいに生きつづけたかった。そういうわけで、働きながら書いていくのがいちばんしっくりきた。けれど二回もクビになったので、なんだかんだでフリーランスに落ち着いて、いまに至る。

このごろはもう、いつか詩に養ってもらおうとは思っていない。連れあい、こと詩がある日めきめきと頼もしくなり、家庭に入りなよ、詩だけを書いていきなよ、なんてことを求めてきたとしても、首を横にふるだろう。詩が「売れる」のを諦めているわけではない。詩には音楽のように多くの人に届くだけの魅力があるはずだし、それを詩人どうしで楽しむだけにすませているのは詩人の怠慢にすぎない。稼ぐために書かれた詩は商品であって芸術ではない、とかいうことを思っているのでもない。稼げるかどうかはよくも悪くも詩の本体とはそこまで関係がないのであって、稼げた程度のことでそこなわれる詩なら、はじめから芸術の如何を気にするほどの値打ちもない。

けれどやっぱり、働いていたい。書きつづけたいと思うからこそ、詩に養われているだけの身空ではありたくない。お金のことだけではない。詩とかかわりのないところでわかったことやもらってきたもの、知りあうことのできた人たち、詩の外で「稼いで」きたもののすべてを、詩に貢いでやりたいのだ。

ときどき考える。仕事は、ただ人間を食わせ、養うためにあるものばかりではないのかもしれない。人間が身を切りながら養ってやらないといけない仕事というものが、詩のほかにもあちこちにあるのかもしれない。詩よ、だから、わたしたちそんな感じでいこうじゃないか。わたしが仕事をしておまえを養い、おまえはおまえで仕事をして、それはつまり「詩である」ということをやりつづけて、わたしを養わないかわりに、おまえでしか会えない人たちに会うのだ。言葉ならどこにでも行ける。肉体がないとできないことをわたしが、肉体があるとできないことをおまえがする、ふたりそんな感じでやっていこうじゃないか。

さて、前置きが長くなってしまった。「仕事を養う」という逆転をしかし採用することにした以上、バランスについても他人事ではいられない。ここで、洗練されたスケジュール構築やタスク管理についてお話しできたらよかったのだが、それができれば二回もクビにはならない。実際はこうだ。入ったぶんだけ仕事を入れて、ご飯を食べたり眠ったりして、あとは書きたいときに書く。終わり。てんでお話にならない。もちろんそれで困っていないというわけではなく、常に困りながら書いてきた。

それでも、気をつけていることはある。それは、書きたい気持ちの世話だけは怠らないこと。書きたいときに書いている以上、「書きたい」がなくなるとたんに足が止まってしまう。だから書きつづけるためには、実際には書く時間も能力もないようなことでも、書きたいと思っていないといけない。「書きつづけたい」と「書きたい」は似ているけれどわずかに違う。前者がべったりわたしを圧してやまないのとは対照的に、後者は簡単にいなくなる。「書きつづけたい」が生きる態度のことまで指しているのに対し、「書きたい」は目の前の動作のことしか指していない。そして、実際に手を動かして書きはじめるということは、「書きつづけたい」と望むこととは比べるべくもないほど、面倒くさく、ときにしんどいのだ。だから実態としては、「書きたいけれど、別に書きたくはない」とか、「書きたくないけれど、書きたくはある」というようなややこしい気持ちで、半分いやいや書いている。

だから、「書きたい」気持ちのほうにはなんとか水をやり、手入れをしてやることにしている。具体的には、出かけること。自分の部屋を出て、はじめて会う人と会ったり、三十秒も見れば飽きるような景色を見たり、かと思えば動物園のパネルにいたく感動したり、誰かを心底嫌いになったりすることだ。わたしの場合、かぎりなく快いことと、反対にものすごく不快なことが、書きたさのきっかけになってくれる。どちらもなかなか出会おうと思って出会えるものではない。だから、部屋を出ないといけない。詩ではない仕事を続けているのは、それに出会うためでもある。

暮らしについてもぞんざいなもので、いざ出かけたあと、帰ってくる部屋はひどく散らかっている。食べたいように食べ、眠りたいように眠る。買いものもそんなにたくさんしない。どうせ散らかしてしまうから好きなものしか家に入れない、という消極的な態度を、ライフハックと言い張っている。もっとよくやれるに越したことないとは思いながら、ほかで崩れたしわよせをみんな暮らしのほうへ送っているのが現状である。幸い、ひとりで働き、ふたりで暮らしているおかげで、わたしの暮らしにはしわよせを受け止めてくれるだけの余白がある。それが唯一のこつといえばこつかもしれない。

「どうして詩人になったんですか？」と聞かれると、「できないことがあまりに多いからです」と答える。謙遜と受け取られることが多いけれど、本心である。やりたいことをやってきた、というより、できないこと、やりたくないことを避けて、やってもいいことだけを選んできたら、なんとなくこんなふうな暮らしぶりになってきた。バランスについても、それと同じかもしれない。できないことをやらずにいたら、なんとなくこんなバランスで、毎日がくりかえされている。もっとよくできるところもきっとあるけれど、いまのところはここでバランスがとれているようだ。よくはないけれどとりあえずとれている、という状態もありえるのが、「バランス」という言葉のおもしろいところだと思う。

そういうわけで詩人の身ひとつ、いびつなバランスをごろんごろんと回して、うどん食べたりなんかしながら、なんとか仕事を養って生きております。

人間、自然、信念

とおの屋要オーナーシェフ・
株式会社 nondo 代表取締役

佐々木 要太郎　ささき ようたろう

profile

「The Japan Times Destination Restaurants 2021 」では、世界の人々のための日本のレストラン10店舗に選ばれ、「The World' s 50 Best Discovery」にも選ばれる。2023年には、世界的美食ガイドとして知られる「Gault & Millau」初の日本全国版となった「Gault & Millau JAPAN 2023」において、全国501店舗の中から「トラディション賞」を受賞。

主な活動地域	年齢	暮らしのこだわり
岩手県遠野市	1981年生まれ、43歳	とにかく稀に見る努力と気合い

つくっているもの	生計の手段
米・どぶろく・醸造酢・日本酒・料理・発酵液	一年を通して宿やレストラン運営・お酒やお酢の醸造・食に関わる開発

ある日

5:00	起床
5:30	田圃
8:30	お客様の朝食提供
10:00	休憩
11:00	経理
11:30	醸造関係作業
14:30	昼食
15:30	ご宿泊お客様のディナーと翌日の朝食の仕込等
18:30	お客様のディナー提供
21:30	調理場等の掃除・後片付け等
23:00	帰宅
24:00	就寝

田圃が始まると、田圃作業ある無しにかかわらず畦を歩き、周りを見渡し観察する毎日。四季の変化を感じている時が1番の幸せを感じる。

人間、自然、信念

問いを頂き、ふと考えた。とは言え、「そもそもふと考える時間ってあるのか？」という問いかけから自分の中で始まり、種の選別中・お酒の醸造作業中・料理の仕込み中と色々な場面で頻繁に意識して考えるようにしてみた。というのも、僕は、自然栽培の米農家で「どぶろく」「日本酒」の醸造家。さらには料理人でもある。「どう？すごいでしょ！」なんてことをアピールしたいわけでも、自慢したいわけでもない。こんな感じのことを3つやっているから、日常的に落ち着いてゆっくりと考えて進んできたわけでもない。考える暇なんてなかったし、今もそんなに考えて「あーでもない・こーでもない」とはやっていない。考えてはいるが考えていない。だからこんな感じで、自分の中での問いかけみたいなことから始まった。

そもそも、自然栽培での稲作と「どぶろく」の醸造を始めた理由は、どぶろく特区というものがきっかけとなっている。私は中学までは岩手県遠野市で育ち、高校の進学を機に盛岡市の高校へ進学した。高校3年の時に結婚し19歳で父親となった。離婚を機に娘を連れて遠野に戻ったタイミングで、どぶろく特区という国の改革構造特区の話を父から受けた。父が発起人の1人だったからだ。この免許申請をするにあたり色々と条件があり、その条件の1つに「飲食店・宿といった食事を出す施設の運営を行っている者で、田圃もやっている者。」という条件があった為に、田圃も「どぶろく」の醸造もやることとなった。そして、父親が京都で板前をしていたということもあり、料理の基本を父から学び独学で今の発酵料理というジャンルを創り現在に至る。

自分で言うのもなんだが、僕自身は発酵料理というカテゴリーを創りたかったわけでもないが、メディアをはじめお客様達が「これは新しいスタイルだ」と評価をしてくれて広まり、気が付くと「日本一予約の取れないオーベルジュ」とまで言われるようになった。「どぶろく」や「米糠クラフト酒」というジャンルも僕が新しい定義やイメージを創りあげた。「どぶろく」にいたっては、歴史上ではじめてヨーロッパ等に渡ったとまでいわれた。そして、有名シェフたちから高評価をうけ逆輸入で日本に広まったという経緯もある。

何度も繰り返しになるが自慢したいわけではない。伝えたいのは、一言で言ってしまえば「好きこそものの上手なれ!」ということ。「好きこそものの上手なれ!」と良く言うが、僕の中では本当の事だと実感している。無我夢中でガムシャラに進んできた。我を無くして夢の中。まさにそんな感じで創り続け進んできたし、今も創り続け歩みをとめることなく進んでいる。
もうお察しのとおり、結論からと言うと、僕はバランスをとっていない。僕にとっての優先順位としては間違いなくこんな感じだと思っている。

創ること＝暮らすこと⇩稼ぐこと

お金は後からついてくる。そんな古臭い考えかもしれない。僕にとって大切なのは、目的は金儲けではないということ。より良い未来を創る為なんだということ。金銭的な成功はおまけみたいな物だと考えている。僕の生活のルーティンは、起床⇩朝田圃⇩醸造⇩宿の仕事⇩就寝。1日16時間は働く。食事や休憩時間を2時間として睡眠時間は6時間くらいだと思う。今の世のなか、国の定める法律ばかりが先走りしすぎていて、それを盾に自分たちに都合の良い解釈をする人達が増えているように思う。そうなると、創るという考えや行為はどんどん省かれる。その結果、創造性や精神性・第六感のような野生動物的感覚も失われる。楽な方に進みたい動物代表の人間は、生き抜くという選択から遠ざかる。生き抜く・生きるという言葉はどちらも生きているという事に違いはないが、問題はそれらの言葉に内在する過程にあるといつも思っている。

生き抜くということは創り上げること。⇩新しい物・事を創る、創り続けるということ。

生きるということは作ること。⇩何が出来るかわかっている物を作るということ。


そういうふうに僕は捉えている。どちらも必要な生き方だから、どちらかが良くてどちらかが悪いという事ではないと思うが、現代社会はあまりにも生きるに特化しているように思えてならない。現代においての生きるとは、「はみ出るな。バランス良く。」といったように敷かれたレールをただただ走り続けるように先導されている。結果として、「そうやっていればこういう物が作れるのだから。」と言わんばかりに。もはや、その結果、出来上がる物・事がどういう意味を持つ物・事なのかすらわかっていないで、ただやっているという感じだ。やる前から、やれない理由を探し1歩すら踏み出せない。その結果、調和は失われ、バランス良くなんていわれ実践していくことで、バランスすら崩れてしまう。本末転倒。

僕の生業は自然環境あってのことの為、自然目線での発言や考え方がとても多い。本来は、すべての人々が自然環境無くしては生活出来ないはず。にもかかわらず軽視しすぎている。調和と生き抜くということはとても大切なことだ。調和は自然とのバランス。

より良い関係性をどう築いていけるかということ。生き抜くとは、自然が課す試練みたいなもので、その試練が生き抜くということに目的を与える。例えば、しっかりと考えるということは試練の代表的なようなものに思う。前述した通り、結果どういう意味を持つ物・事なのかすらわかっていないで、ただやっているということが多いのは、しっかりと考えていないということだと思う。それは、試練、すなわち生き抜くという選択ではないと言えると思う。

生き抜くという行為は、精神性に深くまで根ずくというふうに僕は考えている。樹木や食物の小さな種たちは、光を求めて上へ上へと伸びていく。生き抜くということは、命あるものに植え付けられた本能なんだ。日々、田圃に出て作業をしていると自然も日々生存をかけて戦っているのが間近で見てとれる。自然は懸命に生き続け、時に美しい風景を見せてくれる。それは、長年にわたる生存をかけ生き抜く為に自分自身や周りとの戦いの果実のような物なんだと僕は勝手に思っている。生き抜く為に木々たちは、根を深くまで張り巡らせ栄養をとり幹を太くし枝を増やし実りを生む。その実りを食し我々人は生きている。深くまで考えず生きている。

自然は、人が忘れがちな事を教えてくれる。何年先かはわからないが、人が自然を愛せなくなってしまう日が来ることだけは避けたいなといつも思って行動している。

行動力の資本は信念なんだ。自分自身にとってバランスを保つ必要性はなく、突出した信念があればバランスを保とうとすることは二の次で良い。生き抜くという行動の核にある信念に至るには、行動する前に「しっかり考える」という努力をすることが必要だ。結果なんの為の物・事なのかわからずにただただやっているにつながりがちになってしまうからだ。でも、ここをしっかりとするとバランスはしっかりと取れてくる。突出した信念があればバランスを保とうとすることは二の次で良いとは言ったが、突出した信念でドンと上に突き抜けると二等辺三角形のような、円錐型・四角錐型のような形となり土台がしっかりとなり自ずとバランスは保たれてくる。もちろん、ここに至るまでがとても大変な事だとは思う。それでも絶対に諦めないという信念が行動力の資本になっているということなんだ。結果僕にとってのバランスを保つために必要なことは、絶対に諦めないという信念ということだと思っている。

鷹と共に生きる

諏訪流鷹匠

篠田 朔弥　しのだ さくや

profile

生き物がとにかく大好きで、犬1匹と猫2匹、鷹3羽と暮らしています。

小学校2、3年生の時から鷹匠に憧れ、中学1年生から諏訪流を継承する団体で勉強を始めました。勤め先も愛犬と泊まれるホテルなので、常に生き物と接して生活しています。

主な活動地域	年齢	暮らしのこだわり
山梨県	2000年生まれ、 24歳	生き物達と 自分のペースで楽しむ

つくっているもの	生計の手段
鷹との日々	ホテルのディナースタッフ、 各地でのイベントや講演

ある日

7:00	起床
7:30	訓練開始
12:00	訓練終了、出社準備
13:00	出社
22:00	退社
22:30	夕食
23:00	お風呂、SNSの更新。勉強。
1:00	本を読んだり、動画を見たりしています。
2:00	就寝

上手くいった日の時間割です。鷹のシーズン中である、秋から春先にかけては、毎日訓練を欠かさず行うようにしています。朝少しバタバタする分、夜はゆっくり過ごしています。

鷹と共に生きる

私が生きていく中で、「創る」と「暮らす」はほぼ同じ意味になります。鷹匠は毎日を鷹と共にします。毎日訓練を続け、信頼を築き上げる事が鷹匠にとって1番大切なことです。鷹はとても神経質なため、初めは人の拳に乗ることすらままなりません。鷹を拳に乗せることを「据え」といい、鷹匠は据えを安定させることを常に心がけなければいけません。不安定な据えでは鷹が落ち着かず、居心地が悪いため据えられるのを嫌がるようになってしまいます。鷹にこの人の拳は安心できる場所だと思わせなければならないため、まずは拳を木の枝のように安定させる事を人間ができるようにならなければいけません。鷹を安定して据えることが出来るようになった時にはじめて屋外へ連れ出し、視覚や聴覚から得る様々な外の世界の刺激に慣れさせます。その訓練も初めは静かな真夜中から始め、徐々に昼間へと進めていきます。そしてようやく飛ばす訓練に入ることが出来ます。初めは飛ぶ事も下手で、周りを気にすると飛ぶ事すらも躊躇してしまうため、紐を着けた状態から少しずつ距離を伸ばしていき、最後には紐を外して飛ばせるようになります。

鷹と共に活動する時期は主に秋から春先までの期間です。その時期は鷹を据えて2時間ほど町を歩いたり狩りをすることで信頼関係を築きます。また、鷹を飛ばす事で代謝を上げたり、体力をつけてあげなければなりません。これらを基本的に毎日行います。それによって、鷹が何を気にしているのかを目の動きやちょっとした仕草でわかるようになったり、今日はどんな気分なのか、体調は良いかなどがわかるようになっていきます。飛ぶのが上達すると、スピードを出せるようになったり、狭い木々の間をすり抜けて飛んだり、風に上手く乗ったり、急降下したりなど色々な飛び方も見せてくれるようにもなります。また、私が鷹の視点に意識を向けることで、野生の鷹や野生動物を見る機会も多くなりました。今までも身近にいましたが、視野が狭く、気づけなかったのです。トラックの音や人の声で、どこから何が近づいてくるかなど細かいこともわかるようになり、些細な変化や状況に対応できるようになりました。そのような新しい発見や技術、情報を得ることができ、鷹匠として成長出来ました。鷹のシーズンがオフの時も、鷹の様子を気にしながら、道具を新しく作り直したり、手入れをしたり、鷹や鷹匠の歴史の勉強をしたりしています。今は職人さんが減少傾向にあるため、鷹道具も基本的には自分達で作ることが多いです。鷹達と毎日を共にし、生活しているおかげで私が成り立っており、より良いものを創り上げられているのだと感じます。鷹が私の一部であり、鷹と共に生きる事が私の作品でもあるのです。

また、「創る」、「暮らす」は、1人の力では決して達成する事は出来ないのでは無いかと私は考えます。私の場合、鷹達はもちろんですが、それ以前に周りの人々に支えてもらい、今があります。

とても記憶に残っている事がいくつかあります。私が鷹匠の世界に入ったのは中学生の頃です。当時私は運動部に所属していました。しかし2年生の秋に鷹を飼うことになり、鷹を飛ばすイベントに参加したり、訓練の都合で土日の練習や試合に参加しづらくなりました。部員や先生に迷惑をかけないため、退部を申し出たところ、先生から「せっかく頑張っていたのだからマネージャーとして残ってはどうか」という提案をして頂いたのです。他の部員も快く受け入れてくれて、マネージャーとしてみんなを支えながら部に残ることが出来ました。

また、当時はまだお金もなく、車の運転も出来ないため、住んでいる山梨県から師匠のいる東京までの送り迎えや、鷹を飼うための設備を両親に協力して貰っていました。他にも、鷹を飼い始めたことにより家族での外出のしずらさに対する理解を弟達にして貰い、鷹の購入には祖父母が協力してくれました。更には、訓練があるため遊びづらい事に対しての友達の理解や、訓練で鷹を飛ばす時の地域の皆様の理解もありました。挙げだしたらキリがないほど沢山の方の理解と協力の上に、「創る」と「暮らす」はようやく実現できるものです。家族は言うまでもありませんが、とても温かく、理解ある人達に恵まれています。

私の場合、鷹と共に生きていき、ひとつの作品、成果を創るにあたって、応援して下さる様々な方や出来事、きっかけが関わっています。それも含めて「創る」の一部ではないかと感じています。

そして、毎日を創り上げていく先に、「稼ぐ」があります。鷹匠だけで生きていくのは難しいと言われていた事もありますが、好きでやっていることなので続けていけるのであれば稼ぎの事はあまり気にしていません。もちろん、お仕事のお話がくれば喜んで引き受けますし、全力で挑みます。

「稼ぐ」事は、今まで頑張ってきた事を評価して貰える場だと私は考えます。鷹匠の世界ではまだ若く経験も少ない私を、イベントに招待して下さる方が沢山いらっしゃいました。他にも優れた技術を持った方がいる中で、私を鷹匠として取り上げたいとテレビの取材のお話があったり、私の鷹を使った映画のお仕事もありました。また、それぞれの反響から、違うお仕事を頂いたり、応援して下さる方も増えました。色々な方に知って頂ける機会にもなり、自分の活動の幅が広がります。しかし、もちろん思っていた対価とは異なったり、心無い言葉を言われることもありました。鷹のイベントで失敗し、鷹が戻って来なかった時、お客様から「ダメだなあの鷹」と言う声が聞こえました。「こんな大勢の前で成功する方が凄いのに。まだ経験も浅い子なのに。」と悔しい思いをしました。

他にも、わざと鷹が驚かされて、「この程度で暴れるなんて」と言われたこともあります。「そんな風にされたらびっくりするし、嫌がるに決まっているじゃないか。」と色々な事を思いました。しかし、私の訓練の仕方が甘かったり、私が未熟だったために鷹が悪く言われてしまったというショックが自分の中でとても大きかったです。私自身に対しても、若いから、経験がないからと見下される事も少なくありません。最初のうちはただ悲しかったり、苛立つことが多かったです。しかし、時間が経つにつれ、これらを気にしない事も自分を守るために大切ですが、全てに目を向けるのでは無く、少しだけ目を向ける事で自分の成長に繋がるとも考えるようになりました。

例えば、鷹が驚かされた出来事では、鷹へのアクシデントに瞬時に対応出来なかった自分のミスを見つめ直し、人が周りにいる時には、基本的に鷹が人を見渡せるような位置にいられるようにしました。また、不意に人が近づいて来そうな時は、鷹が嫌がらないように隠してあげたり、餌で気を逸らす事を心がけるようにしました。そうすることで、周りの状況を把握できるようになり、鷹に負担をかけることも減りました。

このような出来事も、自分とは違う考えや見方をしている人の意見を聞ける機会、自分への試練だとプラスにとらえるようになってから新しい1歩が踏み出せ、鷹匠としても人としても成長できるようになりました。

また、鷹が好きだからこそ、鷹匠の仕事だけで生活していきたいという気持ちはもちろんあります。しかし、今の私では鷹匠だけで生きていくのは、技術も経験もまだまだ未熟なため難しいです。よって、私は今、ホテルのディナースタッフとして働きながら活動しています。午前中は鷹達の訓練に時間を使いたいため、午後から勤務が出来るこの仕事を選びました。

鷹匠と言っても今は様々な道があります。よく耳にする害鳥駆除、バードショーなどのイベント、生体販売、伝統の継承。いくつかの選択肢がある中で私は伝統継承を選び、活動しています。

元々鷹匠は昔、大名や殿様に仕え、彼らが鷹狩を楽しむための鷹を訓練していました。その歴史や技術、所作を現代にも伝え残していくことが私の活動です。

個人的に、伝統継承は、1番「稼ぐ」事に向いていない道だと思います。伝統継承だけで「稼ぐ」には、生徒を取ったり、講義を開かなくてはいけません。しかし、現代では歴史を受け継ぎ、伝統的なやり方で鷹を飼いたいという人よりも、伝統に関係なく、鷹を飛ばしたい、鷹と生活したいと言う人々の方が多いのが現状です。また、鷹匠についての正しい認識は一般の人々にまで浸透していません。鷹を飼っていて飛ばすことが出来れば鷹匠だと思われてしまうことがほとんどです。そうではなく、伝統的な技術が必要で、認められた人だけが鷹匠なのだということも理解して頂けるようになりたいのです。しかしながら、そもそも伝統的な鷹匠1本では生きていけないのかもしれません。

それでも、同じ考えや向上心のある仲間、技術の優れた先輩、鷹匠の先生と活動していく中で得ることが非常に多く、お金より価値がある時間を過ごせていると実感します。私自身もいずれは団体を持ち、お互いを高めあえる仲間達と共に、鷹匠の事を多くの方に知って頂けるような活動をしていきたいと考えています。ただ焦る必要はないと思っています。自分のペースで基礎を築き、ゆっくりでも目標に近づけたらいいのではないかと思うのです。

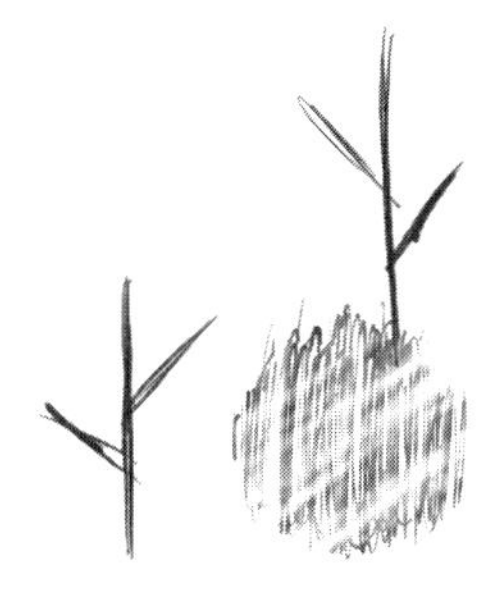

生計という土台なしの「暮らし＝創作」

文筆家／博士（哲学）

関野 哲也　せきの てつや

profile

「生きることがそのまま哲学すること」という考えのもと、興味が趣くままに読み、訳し、研究し、書いている。著書に『よくよく考え抜いたら、世界はきらめいていた　哲学、挫折博士を救う』(CCC メディアハウス) がある。

主な活動地域	年齢	暮らしのこだわり
静岡市 清水区	1977年生まれ、 47歳	愛犬と散歩すること

つくっているもの	生計の手段
本	出版、翻訳、その他の仕事

ある日

2:00	起床、執筆
7:00	犬の散歩
8:00	朝食、家事
12:00	昼食
13:00	犬の散歩
14:00	読書
16:00	犬の散歩
17:00	夕食
18:00	ラジオを聴く
19:00	就寝

起床から朝の犬の散歩まで、執筆に集中します。
夕食後から就寝まで、ゆっくりラジオを聴いてリラックスします。

生計という土台なしの「暮らし＝創作」

実にアンバランスなのです。私の置かれている「創作・生計・暮らし」の関係のことです。この三項目のうち、生計（＝収入）の割合が極端に少なく、バランスを欠いています。では、そもそもバランスの取れた「創作・生計・暮らし」モデルとはどういったものでしょうか。それは、生計が土台となって、その上に創作と暮らしが成り立つものであり、それがいわば世の中の通念モデルと言えるでしょう。確かに、どんな職業の人であっても、その職業をとおして収入がなければ、生計を立てられません。ですから、本書における「広義の芸術家」にとっても、それを職業とする限り、確固とした生計があってこそ成り立つ創作活動であり、暮らしであると考えられます。

ところが、私の「創作・生計・暮らし」の関係はアンバランスなのでした。ここでいう私にとっての創作とは、哲学的思考を展開すること、つまり執筆です。私は、二〇二三年に一作目の著書『よくよく考え抜いたら、世界はきらめいていた　哲学、挫折博士を救う』（CCCメディアハウス）を上梓したばかりのため、創作で得られる生計（＝収入）の部分は、現在のところまだ少ないのです。つまり、いまだ創作だけでは生計を立てられず、よって生計を土台とした創作も暮らしも成り立っていないのが実情です。ですから、本稿において、創作によって生計を立てるためのノウハウを述べることは私には到底できません。しかし、「創作・生計・暮らし」のバランスを別様に描いた、私なりのモデルというものは提示できそうです。

じっさいに私は、二〇一六年にフランス・リヨン第三大学で哲学の博士号を取得後も、哲学（＝執筆）で生計を立てることはできず、これまでずっと哲学とは直接かかわりのない仕事をして収入を得てきました。たとえば、工場のラインで働いたり、福祉の仕事にたずさわってきたのです。ですから、工場や福祉の仕事をしていれば、少なくとも一日八時間をその仕事に取られます。ですから、創作活動（＝執筆）をしようと思えばおのずとそのための時間を捻出する必要があります。しかし、読書、勉強、研究のための時間を確保しようとしても、かろうじて一日一、二時間が私にとって限度でした。そのため、わずかな時間を読書や勉強に捧げて「一体、何になるのか」という葛藤が私自身にあったことは確かです。収入も見込めない創作活動に時間を割くということの意味が見えなくなりかけていました。「読書も勉強も、これはたんなる趣味の範囲を出ないのではないか」とさえ思うこともしばしばでした。さらにいえば、哲学することでご飯を食べる（＝収入を得る）ということは、大学などの研究機関に籍をおいた研究者にしかできないことだと、私は創作活動を半ばあきらめかけてもいました。先ほど述べたような、生計が土台となり、創作と暮らしはその上に成り立つという通念モデルに、私の頭のなかは完全に支配されていたのです。

ところが、池田晶子の著作に出会ったことで、生計を土台とする創作と暮らしという通念モデルが、良い意味で、私のなかで崩れていきました。生前にお会いしたことはありませんが、その著作をとおして、私は池田晶子から哲学するとはどういうことかを学びました。ですから、私は彼女を（勝手に）心の師と思っています。池田晶子は一九八三年に慶應義塾大学文学部哲学科を卒業後、大学の研究者の道には進まず、二〇〇七年に亡くなるまで、文筆家を肩書きとして市井において哲学的思考を展開し続けました。彼女の書く文章は「哲学エッセイ」と呼ばれ、今なお新たな読者に読み継がれています。さて、池田晶子の哲学的思考は人生の「当たり前」から始まります。その「当たり前」とは、次に挙げるような事柄であり、彼女はその事柄の何たるかを問うのです。

- 私とは？
- 生きるとは？

・死ぬとは?
・善とは?
・言葉とは?
・何かが在るとは?
・逆に、何も無いとは?

たとえば、私とは?と問うてみましょう。「私」とは誰であり、何なのでしょうか。誰にとっても私は「私」です。私は他人ではなく「私」を生きなければなりません。しかし、その「私」とは誰か、何かと問うて、私たちは答えに窮してしまわないでしょうか。実は、私にとって「私」は一番身近な謎なのです(「私」の謎については、『前掲拙著』第三章をご参照ください)。

さて、右に挙げた生きること、死ぬこと、善、言葉、在ると無いも、「私」と同様に、誰の生活にも馴染みのある「当たり前」の事柄です。しかし、その何たるかを改めて問うたことのある人はあまり多くはないかもしれません。池田晶子が依拠する「当たり前」、言い換えるなら、哲学的思考の基盤は次のようにまとめることができます。私という不思議な存在が、生まれ、生き、やがて死んでいきます。はたして宇宙にとって、私とは何なのでしょうか。そして、そんな私が今、善く生きるとはどういうことなのでしょうか。宇宙をも含めた、私の生きるこの世界とはどのような構造をしているのでしょうか。そして、つまるところ、そもそも人間とは何なのでしょうか。

これらの問い、つまり哲学的思考の基盤は誰の人生にもあてはまります。この基盤をより浮き彫りにするために、池田晶子は「意見」と「考え」を区別するのです。

「意見」とは、「私はこう思うが、あなたはこう思う」と相対化できるものです。たとえば、次の選挙でどの党に投票するか、というのは「意見」です。私の意見だけが絶対的に正しいのではなく、あなたの意見も同じように正しいと見なします。それが、あなたと私の意見を対等と見なす、つまり相対化するということです。

ところが、「考え」とは相対化されることのない絶対的な事実のこと、要するにここまで挙げた哲学的思考の基盤のことです。池田晶子はそれを「当たり前」の事実と呼びます。たとえば、「人は必ず死ぬ」とか、「私がいる」とか、「宇宙がある」とかいう揺るがぬ事実のことです。彼女はこの「当たり前」の事実から哲学的思考を始めるのです。

哲学というものがどんな営みであるかに馴染みのない人は、次のような疑問を抱くかもしれません。すなわち、哲学という何やら難解で、高尚に見える学問は、私たちの日常生活とは無縁のものではないだろうか、と。では、はたして哲学は日常生活とは無縁なのでしょうか。ここまで述べてきたように、人間と世界について、その何であるかを問うことが哲学の営みのひとつであるとするならば、哲学は人間と世界に直接かかわっています。じっさいに、私が池田晶子の著作をとおして得た気づきは、「当たり前」の日常を改めて問い直すことが哲学であり、その意味で、日常生活と哲学は地続きであるということでした。より簡潔に言い直せば、「生きることがそのまま哲学することではないか」ということです。この気づきを得たことにより、生計という土台の上に成り立つ「創作と暮らし」というそれまで私のなかで支配的であった通念モデルが崩れ、生計という土台なしの「暮らし=創作」というモデルが現れたのです。私にとって、働くこともふくめ、日常生活(=暮らし)を送りながら人間や世界を問うことが、そのまま哲学(=創作)することになったのです。

現在、私は療養中のため仕事はしていません。しかし、健康が戻れば、社会復帰し、なにかしらの仕事をしたいと考えています。たとえば、工場や福祉、はたまたタクシードライバーかもしれません。哲学者のシモーヌ・ヴェイユが工場労働をしていたように、じっさいに工場で働くことで、働くとは何か?という問いへのヒントを得られます。また、福祉にたずさわれば、利用者さんたちを支援・介護することをとおして、人間とは何か？ 生きるとは何か？という問いを直視することになります。一見、哲学とは関係のないように思える職業に就いても、哲学する（＝人間と世界について考える）うえで、無駄なことはひとつもないのです。哲学とは、問いのただなかを生きること、そしてその生きた実感を言葉で表現することです。人間と世界について問うことで、何となく生きるのではなく、これまで見えていなかった人生の細部をより深く味わいながら生きることができるのです。

このように、生計という土台なしの「暮らし＝創作」というモデル、つまり「生きることがそのまま哲学すること」というモデルのもと、私は人間と世界を問いながら生きています。

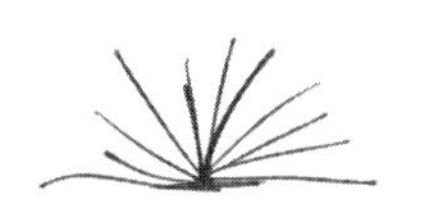

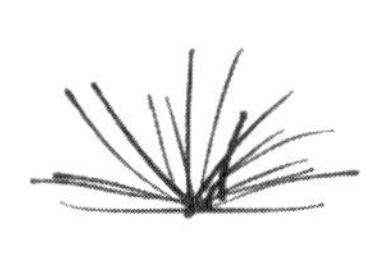

あんこと私

あんこや ぺ 店主

竹内 由里子 たけうち ゆりこ

profile

北海道産の小豆と種子島産の粗糖のみで炊き上げた優しい甘さのあんこを作っている。あんこの量り売りを続けることで、あんこが日常の一員になればと思っている。町の豆腐屋のような存在になりたい。

主な活動地域	年齢	暮らしのこだわり
岡山県美作市・大阪市内	1984年生まれ、40歳	天気の良い日は散歩して集落の人とコミュニケーションをとる

つくっているもの	生計の手段
あんこ	あんこ販売・喫茶・卸売り・オンラインショップ

ある日

6:00	子どもが目を覚まし起床
7:30	朝ごはん、身支度や家事
8:30	子どもが寝たら、書き物や仕事のメール等
10:00	買い物
12:00	昼食
13:00	子どもと一緒に仮眠
15:00	散歩
16:00	子どもの世話、遊ぶ
17:00	夕食の準備
18:30	夕食
19:30	お風呂、子どもの寝る準備
20:30	寝かしつけ、動画を見たり自分時間
22:00	就寝

産休・育休中の一日。夜は授乳が何度か必要なので隙間で寝る技を身につけました。子どもと過ごしつつ、少しずつ仕事のことを考え始める一日。

あんこと私

創作・生計・暮らしのバランスについて考えるようになったのは、岡山の田舎に住み始めるようになってからでした。厳密に言うと、大阪から岡山に移り住むことが決まった時、私にとってのバランスというものを考え直すことにしました。20代〜30代前半のうち10年ほどは大阪で一人暮らしをしていて、その頃の私は空いている時間を埋めるように生活をしていたように思います。時間があったら働く生活でした。地元の兵庫や、大阪で保育士の仕事を10年ほどした時、他にも向いていることがあるのではと思い接客業を始めました。しかし、やはり保育にも関わっていたくて、昼間は接客業、その後夜勤の保育の仕事をたまにするようになりました。仕事については、楽しく働いていたものの、いつも頭にある「これは私にしかできないことかどうか」という問いのせいで何度か仕事を変えることにもなりました。

そんな時に「あんこってどうやって作るのだろう」という興味から作ってみると、手間のかかる工程が家での自分時間になり、瞑想のような役目で好きな時間になりました。なんとなく作れたけど、作れば作るほど難しいあんこ作りを続けたくなり、周りの人にも食べてもらって改良していくうちに、卸の仕事になっていきました。今、振り返ると、長く続けていた保育士の仕事は、人とのコミュニケーションの取り方を学んだり、社会に出ることの自信をもらいました。その後に働いた接客業ではお店を運営するためのノウハウや接客、イベントのやり方なども学びました。その全ての仕事は結局、今一人で仕事をするようになって役立つことだらけでした。

この時、あんこを作り「稼ぐこと」にやりがいを感じていたものの、ふと我にかえると、ずっと先まで今の生活を大阪で続けている自分が見えなくなっていました。やりたいことだけど体はついていかない。

そんなタイミングで、結婚の話が出た時、岡山に先に移住していた彼が、岡山にいたいという気持ちを話してくれたので、私は迷わず移住を決めました。私のしたいことは場所が変わってもできるし、味方も増えどんな生活になるのかという楽しみな気持ちがあったので、一人で大阪に残るという選択肢はありませんでした。今までは自分のために仕事をして時間を使う生活だったのが、家族のために使う時間も必要になりました。それはマイナスではなくプラスになるように考えればいいのだと思っていました。また、岡山に移住してからは、初めて「勤める」ということをやめ、全て自分で仕事をして、あんこに関することで生計を立てることに挑戦できるということにワクワクしていました。

そこでまず決めていたのは「仕事は一人でする」ということ。「一人でする」ということは、作ることも販売することも事務作業もしないといけないので、毎日お店を開けられない。お客さまに初めは、結婚しているから遊びでお店をしているという風に言われることもありましたが、続けることで少しずつ分かってもらえるようになりました。得意なことも苦手なことも一人でしないといけないので、少しずつ削ぎ落としてシンプルな営業方法になっていきました。仕事を一人でするためには、家族というチームを作ることが必要でした。誰かが仕事で忙しい時は、誰かが生活を整える。凸凹を埋めていきます。これは男女関係ないのでチームという認識です。でも何度もつまずくのはチームとしてのバランスです。夫婦の仕事と暮らしのバランスが崩れると、その度に修正が必要でそれはとても体力、気力のいることです。

それでも、全ての仕事を自分でしたかった背景には、前職の保育士や接客業を辞める時に関わってきた人やお客さんをいつでも迎える場所がなくなってしまったという心残りがありました。なので私は岡山のあんこ屋で人を迎えることが、私にできることなんじゃないかと思ったのです。大阪にいた時によく考えていた「私にしかできないこと」ではないかもしれないけど、信念を持ってあんこ屋を続けることで、それは「私にしかできないこと」に少しずつ変わっていくのだと思います。そのためには作ることも提供することも販売も自分でやりたかったのです。全てを自分ですることによって、卸先の方とも、直接会えたお客さまとも、オンラインのお客さまともやりとりできることが創作への糧になりました。

そして、田舎でお店を始めることで都会と1番違う所は人の数。人より動物の方が多そうな場所に住むので、どうやって「稼ぐ」のかということをまず考えました。店を作った場所は私が気持ちいいと思った場所なので、自分もお客さまも気持ちよく過ごせるように、ゆったりとした空間にしました。広い空間に10席だけ。こんなことを都会でやると家賃を払うのに精一杯になりそうです。でも、田舎だからこその景色や空気を活かすための空間づくりは、私がやりたかったことなので、店での喫茶とあんこ販売だけで「稼ぐ」ということをせず、いくつかの手段を持つことにしました。そのことが活きたのは、コロナが流行った時のことです。一つのことが出来なくなった時に他の手段も持っていたことで少しでも仕事を続けることができました。喫茶・あんこ販売、卸、大阪での販売、オンラインという手段をうまく活用して、それぞれが少しずつでも合わさると暮らせる稼ぎになるよう考えました。そうすることで喫茶のお客さんが少ない日でも気持ちにゆとりを持って他の業務に時間を使えています。

また､岡山での「暮らし」から得ている季節の移り変わりをしっかり感じることで「創る」時に季節感を落とし込めるようになってきたことも、大阪にいた時との違いです。あんこ作りに使う小豆は一年かけて使っていくので、季節によって水分量や火を入れる時間も変化していきます。それに加えて、気温や湿度の変化も大きく影響します。雨の匂いや、鳥やカエルや虫の鳴き声なども聞きながらその変化を感じます。そんな暮らしの中で感じる変化を肌で感じながら小豆と向き合う時間は今までにない時間でした。そしてそれは毎年違うので、同じものを作っていても、いつも新しい気持ちで向き合うことができます。その変化を感じることが楽しくて、顔の見えないオンラインのお客さまに季節の移ろいを伝える一筆を添えることにしました。お客さまにあんこを食べて貰って、岡山の自然を感じてもらえたらと思いながら。

あんこを作る時には、卸先で使っていただいている姿を思い浮かべながら、卸先が使いやすいように、あんこの硬さを調節して作ったりもします。でも味に関しては、これが私の心地よい味というものを提供します。味まで変えてしまうと私らしさがなくなってしまうからです。仕事で関わってもらえている人たちに、あんこに対する気持ちが伝わるように、とにかく真面目に向き合うことを大切にしています。それが「稼ぐ」ことにそのまま繋がるという思いです。私にとっては、あんこの味を曲げないことも真面目の一つです。真面目に向き合うのは小豆に対しても同じで、向き合えば向き合うほど難しくて面白いので、私はあんこ作りから先に進めず、あんこを使ったお菓子屋でもなく、あんこ屋なんだろうと思います。

私にとってあんこ作りは「創る」と「稼ぐ」のどちらにもまたがる活動で、その間には「誰かのために」という想いがあり、そこが重要だと思っています。なのであんこは作品ではなく、あくまで誰かのために作るもの。作る時には食べてくれる人のことを想いながら作ります。相手がいないと生まれてこないものだと思っています。たかがあんこだけれど、求めてくれる人の生活の豊かさを少しでも作っているものでありたいと願いながら作っています。

このように田舎ならではの生計の立て方、暮らし、あんこ作りのことを考えると、私にとって「創ること」「稼ぐこと」「暮らすこと」は一つの円のように繋がっていて、それぞれが影響し合っています。大阪に一人で生活していた時は、「暮らすこと」が抜けていてバランスを崩していましたが、今は「暮らすこと」を土台にし、「創ること」「稼ぐこと」の時間を作っています。そのことで創る時間は減ることもあるけれど、集中して作れるようになりました。こうやって書いている今は家族が一人増え、「創ること」をお休みしていますが、チームが変化してまた動き出す時、どんなものを創れるのか楽しみです。毎日、毎年、三つのバランスは凸凹と変わったり進化しながら絶妙なバランスを保っているようです。いつもそこには大切な場所での暮らしの土台があることが強い味方です。

私の中の光と影のバランス

文筆家

土門 蘭 どもん らん

profile

文章を書いている。自分の中の言葉を小説・短歌・エッセイなどの文芸作品にしたり、他者の中の言葉をインタビュー記事やキャッチコピーにしたりしている。

主な活動地域	年齢	暮らしのこだわり
京都	1985年生まれ、38歳	長く豊かに書けるあり方

つくっているもの	生計の手段
小説、短歌、エッセイ、日記、インタビュー記事、キャッチコピーなど	執筆

ある日

6:00	起床・ストレッチ
7:00	朝食・家事・子供の見送り
9:00	仕事
12:00	昼食
13:00	仕事
18:00	子供の迎え
19:00	夕食・家事
20:00	入浴・ストレッチ
21:00	映画鑑賞・読書など
22:00	就寝

平日は、週1でボクシングとパーソナルトレーニングを行っています。土曜は午後に子供達とボクシングジムへ。普段家で仕事をしているので、なるべく運動をするようにしています。

私の中の光と影のバランス

　自己紹介をする時、こんなふうに自分について説明している。

「土門蘭です。文章を書いています」

さらに詳しく言う場合にはこうだ。

「内容は大きく分けて2種類あって、一つは小説・短歌・エッセイ・日記などの文芸作品の執筆。もう一つは、インタビュー記事やキャッチコピーの執筆。つまり自分の中にある言葉と、他者の中にある言葉。その両方を行ったり来たりしながら、文章を書いています」私にとって書くことは「創ること」であり、「稼ぐこと」であり、「暮らすこと」だ。つまり、生きること全体に通じる行為。それなので、いかに長く豊かに書き続けられるかを考えることは、私の人生においてとても大事なことである。私は長年そのことについて考えてきたし、今も考え続けている。


　その一つの答えのようなものが見えたのは、ある占い師さんと出会った時だった。当初は占ってもらう予定ではなかったのだが、大阪の商業施設に行った時に、知り合いの紹介で占っていただくことになった。確か四柱推命だったかと思う。その頃私は独立したてだったので、仕事のことを見ていただいた。

「物書きをされているの？　いいですね、それはぴったりです。あなたは信念が強くて頑固なところがあるから、組織の中で働くよりも一人で仕事をするのがいいですよ」

そう言われて、私は「よかったです」と笑う。当時私は36歳だったのだが、「残りの30代はどんどん忙しくなると思います」と彼女は言った。

「40代はさらに忙しくなりそうですね。41、42歳の時はちょっとおとなしくしたほうがよさそうだけど、それ以降はいろんなところから声がかかって、ガンガン外に出ていくことになるんじゃないでしょうか」

「そうですか」

「でも、それと同時に、家のことで何かトラブルが出てきそうね。例えば子供が反抗期になるとか、親の介護が必要になるとか……」

「えっ」

「まあ、40代っていうのはそういう年代ですからね。何もあなたに限ったことじゃない。だけど、それはちょっと注意したほうがいいですね」

「はあ……」

ちょっと不安になった私を見て、彼女は優しく微笑む。

「アドバイスをするとしたら、仕事が忙しい時ほど家にいることです。これは、仕事をセーブしろってことじゃないのよ。外に出たら、それと同じくらい家にいなさいってこと。仕事にかけた労力と同じ分、家族にも労力をかけてあげてくださいね」

そう言うと彼女は白い紙を出して、ペンでぐるりと円を描いた。それから円の中に縦線を引き、右側を黒く塗りつぶす。円は、半月のような形になった。

「すべてのものは、陰と陽からできているの。陰だけが多くてもだめだし、陽だけが多くてもだめ。二つのバランスをうまくとることが大事なんです」

そう言いながら、円の中の二つの領域を交互に指した。

「あなたで言うと、仕事は陽で家庭は陰。仕事に打ち込むのはもちろんいいことだけど、そればっかりしてしまうのは問題ですね。陽だけが膨れ上がると、陰はどこに行くと思いますか？」

「え、どこだろう……」

彼女は私の顔を見て、「他の人のところに行くのよ」と言った。

「あなたの円からはみ出た陰は、周りの人が引き受けることになって、いずれもっと大きな陰になってあなたのところに返ってきます。そうならないように、あなた自身がちゃんと陰を引き受けること。それを意識してくださいね」

私は少し怖くなったが、彼女の言葉がストンと腑に落ちた。なるほど、そういうものかもしれない。真面目な顔で「はい」と答えると、彼女は笑って最後にこう言った。

「あなたが勝ってる時は、誰かが負けている。だから、勝ってる時ほど負けてあげてくださいね」


それから私は、日々の中で「陰と陽のバランス」を少し意識するようになった。仕事が忙しい時ほど子供といる時間を増やしたり、家事に勤しんだり。自分のことで何かがうまくいった時には、うまくいかせてくれた人にお礼をしたり、周囲に貢献できそうなことは積極的に引き受けたりした。これまでは、そんなこと考えもしなかった。自分がうまくいくのは、自分が頑張ってきたからだと思っていた。だけど、頑張ることは一人ではできない。自分が頑張れている時は、常に誰かの支えがある。占ってもらって以降、その「陰」の存在に気づくようになった。つまり、「陽」とは自分自身が表に出て光に当たることであり、「陰」とは自分が黒子になって誰かに光を当てることなのではないだろうか。そのバランスのことを彼女は言っていたのかな、と思うようになった。そう考えると、稼いでいる人ほど寄付をするのも、人気のある人ほどファンを大事にするのも頷ける。彼らは自分に光が当たった分だけ、人にも光を当てようとしているのかもしれない。そうすることで、長く豊かに、バランス良く過ごしていけるのだと知っているのかも。

占い師さんは、私の仕事を「陽」と表現したが、「書く」ことにフォーカスすると、それ自体も陰と陽のバランスで成り立っているなと思った。作品を創ること、つまり自分の言葉を書くことは「陽」。インタビュー記事やキャッチコピー、つまり他者の言葉を書くことは「陰」。私のようにベストセラー作家でない場合、大抵は後者のようなクライアントワークのほうがお金になる。数年前までは、作家として創作一本で食っていかねばならないと思っていた。それが純粋な物書きの形だろうと。でも今は、そうじゃないように思う。私が書き続けるためには、そのどちらもが必要なのだ。自分のことばかり書いていると、すぐに枯渇する。日照りが強すぎて芽が生えなくなってしまうように。だからと言って、他者のことばかり書いていると、自分のことがわからなくなる。日陰の中にばかりいると、芽が弱くなるように。だから私は、そのどちらをも行ったり来たりしている今が、一番バランスが良いように思う。自分のことを書いて、人のことを書いて。自分の言葉を放して、人の言葉を得て。日向になり、影になり……その繰り返しの中でなら、私はいつまでも書いていける気がする。

さらに「生きる」ことまで抽象度を上げてみると、「書く」ことは「陽」で、「暮らす」ことは「陰」と言えるのではないだろうか。書いた文章は表に出て光が当たるが、日々の暮らしは基本的に人の目に触れない。だからついおざなりにしてしまいがちなのだが、そうすると私の「陰」は円の中から締め出され、いずれ大きな形で返ってくる。そして、「書く」ことを呑み込んでしまう。独立したての頃は、まさにそんな感じだった。いっぱい書きたいことがあったし、仕事を失いたくなかった。依頼されたことはすべて受け、スケジュールに無理矢理詰め込み、常に仕事のことを考えていた。休むとか遊ぶとかは、ほとんどしていなかった。そんな暇があったら仕事をすべきだと思っていたのだ。そして、書いて書いて書きまくった結果、私はどんどん痩せ細っていった。会う人はみんな、私のことを心配した。「どうしたの?」「ちゃんと食べてる?」「病院に行ったら?」ちゃんと食べているつもりだったし、病院に行っても別にどこも悪くなかった。おそらく精神的なものでしょうと言われ、整腸剤だけもらって帰った。

まるで「書く」ことに生気を奪われているような感じだった。生きるために書いているのに、なんだかおかしい。もともと不安定だった感情がさらに不安定になり、「このままではいけない」と始めたのがカウンセリングだった。今振り返ると、カウンセリングは自分の「陰」と徹底的に向き合う時間だったように思う。普段は光が当たらないけれど、自分を自分たらしめているもの。そういうものとことん向き合い、言語化していった。そうするうちに、自分がこれまでいかに自分の中の「陰」を排除し、「陽」ばかりを追い求めてきたのかを知った。これからは「陰」を取り戻し引き受けないといけないと思った。カウンセリングを通して実践したのは、暮らしを豊かにすることだった。人に見せるためではなく、自分が満足するための豊かさ。例えば、シーツを洗う、花を飾る、美味しいお茶を淹れる、食べたいものを作って食べる……そういった誰の目にも触れない一人の時間を、大切に過ごすことにした。すると少しずつ自分の中に「陰」が増え、それが細やかに豊かになっていくのを感じた。

少しずつ、私は元気を取り戻していった。今はもう周りに心配されることもない。最近では筋トレやボクシングを始め、書くことに耐えられる体づくりを実践している。これもまた書くことに繋がる「陰」なのだと思いながら。

昔は「バランスをとる」という言葉が好きではなかった。妥協するようなニュアンスをそこに感じていたからだ。でも今は妥協ではなく、むしろ、自分の人生という円自体を、健やかに大きくしていくことなのではないかと思う。強い「陽」を放つには、同じくらい強い「陰」を自分の中に持っていないといけない。これからも長く豊かに書き続けるために、長く豊かに暮らしていきたいと思う。

壊れてもなお守ったもの

書店「かみつれ文庫」店主

西岡 郁香　にしおか あやか

profile

大学の卒業論文で吉田松陰について研究した中で日記文学や書簡に興味を持ち、日常を書き留めることに夢中になる。その影響で始めた定期購読マガジン(note)にて日々エッセイや散文を書き続けており、zineの制作も始めた。2023年12月に100部限定のzine『ただ、わたしを待っている』を発行。

主な活動地域	年齢	暮らしのこだわり
和歌山県 和歌山市	1998年生まれ、 26歳	余白、抜けを持つこと

つくっているもの	生計の手段
zine、文章、本屋	本屋、zine制作、定期購読マガジン、 アルバイト

ある日

6:30	起床、朝食、夫と自分の弁当作り
7:30	洗濯と身支度を済ませる
8:00	朝ドラ鑑賞、掃除
9:00	本の撮影（オンラインショップ用)、読書、本の仕入れ
11:00	SNSの確認
11:30	昼食
12:00	実店舗開業準備
16:00	note用のエッセイ執筆
18:00	本の紹介文の執筆、予約投稿
19:00	入浴、夕食
21:00	アニメやテレビの鑑賞、日記を書く
23:30	就寝

分単位の計画を立てたりすることも好きではあるのですが、できる限り何もしない時間やぼんやりした無になる時間を持つようにしています。他に、週に1度は馴染みのお店やギャラリー、図書館などに行き、自分以外の感性に触れる時間を大切にしています。

壊れてもなお守ったもの

二十二歳の春、自分の気持ちを蔑ろにしすぎて心を壊し、この病気は繰り返しやすいものだという説明を受けた。それから一年後、人の声色や表情、仕草などに強く恐怖心を抱いていた当時の私は、自分の心がこれ以上壊れることを恐れて、フリーランスという働き方を選び、少しだけ人や時間の流れがゆっくりな場所に移り住んだ。しかし決断はしたものの、何をしていくかについてはほとんど後付けだった。そんな時、事務サポートのアルバイトと資料作成などの個人の仕事をしていた傍ら始めたのが、書きものだった。もちろん、当時の私に目立った実績はない。だけれども、書きものをしたいという思いに身を委ね、恐る恐る「note」という文章投稿プラットフォームに定期購読マガジンを作成してエッセイを投稿し始めた。アルバイトも個人の仕事も書きものも、どれもがその時の私が等身大で行なえたことだった。そのうえ身を置いたのは、人の声色や表情などを過度に読み取ろうとしなくて良く、失ってしまった自分の感情を拾い集められる環境。二十三歳の春、経済状況は決していいものとは言えないけれど、外の世界に顔を覗かせることができるまで、今の私が大丈夫だと思えるところから貯金を崩しつつ、ちいさな暮らしと仕事が始まった。

ちいさな暮らしには、時間の余裕がある。当時は一日のほとんどを書くこと、散歩すること、そして読書に使っていた。心を壊してから本を読めない期間が長かったからか、少しずつ読めるようになったことに嬉しさが爆発していたのだと思う。そのように様々な文章に触れることで、より納得のいく文章が書きたいという気持ちが日に日に強くなっていった。ある日、とりあえずたくさん書いてみようと思い、取り留めのない日々のことを定期購読マガジンに毎日投稿し始めた。

投稿し初めた頃は書きたいことが溢れていたものの、一週間もすると次第に心の引き出しは空っぽになり、毎日投稿すると決めたはいいけれど、何を書けばいいんだろうと悩んだ。私の日常は決してドラマティックなものではなく、驚くような出来事も、映えるようなことも頻繁に起こるわけではない。それをどのように表現したらいいのだろう、そんなことばかり考えては、図書館に行って古典を読んだり、他の方のエッセイを真似てみたりなど、色々試した。そのように手探りであれこれ試すのは、今思えばとても貴重な時間だったなと思う。

書くことに慣れ始めてからも、何度も誰かの表現力に嫉妬したり、思うように書けない自分に物足りなさを感じて涙が出る時もあった。思い返せば、そのように行き詰まった時は、「正解の文章」「良い文章」を書こうと力んでいたと思う。その力みの影響は文章だけに留まらず、思考や生活にまで度々侵食してきていた。確かなものだけに執着すると、そればかりが頭の中を占める。五感に意識が向かわず食事が疎かになり、よく眠れなくもなっていた。そんな身体の反応を見てみぬふりしていると、気づかないうちに心の声までも聴こえなくなって、頭はさらに難しい方へと向かっていく。そういう思考や行動の癖は現在も時折現れるけれど、次第に今このままの自分でできる表現をまっすぐしてみようと思えるようになった。

書き続ける習慣は、目まぐるしく変化する世界の中で落としてしまった大切なものを思い出させてくれる。実際にこの頃の私は、心を壊す前に比べて自分の心模様をじっくり見つめるようになっていた。自分は何に喜怒哀楽を示すのか、どんなことに落ち込んだり、心を惑わされたり揺らいだりするのか。今も全てを理解しているとは思わないけれど、前より自分の感情に気づけるようになった。心のちいさな動きを汲み取るようになると、次第に今まで時間を理由にやってこなかった、「いつかしたいと思っていたこと」が気になり始めた。

そのうちのひとつである梅仕事を、その年の初夏に始めた。きっかけは祖母が梅仕事をしなくなったことで、毎年当たり前のように食べていた祖母の梅干しや梅シロップがこれから作られなくなるかもしれないと思うと、なんとかその味を記憶しておきたかったからだった。早速取り掛かった梅仕事は想像以上に時間のかかるものだった。ほとんどの工程を「待つ」という時間が占める。梅シロップは一ヶ月、梅干しは一ヶ月以上漬けた後に晴れた日を選んで三日三晩干す。どんな味になるのかも、想像がつかないまま待ち続けた時間で、私は梅をとっても愛おしいと思うようになった。

梅仕事を通して私は、待ち続けて、熟成して、育てていくという過程にちいさな希望を抱いていた。日常生活には早さが必要な時もあるけれど、数多の情報が早く流れて過ぎ去ってしまう時代だからこそ、その中にある僅かなゆったり流れる時間の流れを丁寧に汲み取りたいと思った。

ちいさな暮らしの中の楽しみを見つけ、それに喜んだり悲しんだりすることに馴染んできた頃、銀行の通帳残高が当初の半分になったことに心がざわつき始めた。隙あれば、残高を一ヶ月の生活費で割り、あと自分はどれくらい今の環境で生きられるのか電卓で何度も確認するようになった。いよいよ何か新たな収入源を作らなければいけない。心の奥底からじわじわと焦る感情が湧き上がり、それまでに作ったはずの「余白」を埋め尽くしてしまった。

書くことで生計を立てるよりも、事務サポートや資料作成の仕事を拡充する方が現実的だと思い、「何かをできる自分」を血眼で作り上げていくようになった。必要だと思ってもらえるために無謀な資格取得計画を立てたり、勢いでＩＴ系の資格や薬膳の資格を取ったりなど、明らかに迷走していた。

この頃の私は、今まで怖かったはずの新しい出会いにも積極的になり、「私はこれができます」と伝えることにも必死になっていた。だが、そういうものは長続きしない。本来の自分ではない何者かを演じてそういう人だと認識してもらえる度に、「本当は違うんです」という本音を心の奥で叫んでいた。自分が求めた認識をしてもらったにもかかわらず、その相手の認識に反抗心を芽生えさせるという矛盾を抱えていた。

ある日、「私は何がしたかったんだろう……？」と、空回る自分を文章で見つめながら、築いてきたはずのちいさな暮らしが乱れた部屋の中で呟いた。毎日何をしたいのか自問自答して過ごす。そんなある日、ふらっと立ち寄ったスーパーで、久しぶりに2輪のお花を買った。選んだのは何度もお部屋に飾ったことのある「ガーベラ」。心を壊す前も、壊している時も、何度も共に過ごしたお花だった。心に余裕がなくてお花を飾る習慣を忘れていたけれど、2輪のガーベラの長さを整えて花瓶に入れて飾ると、部屋が少し明るくなり、ぽかぽかしたあったかい気持ちになった。こういったちいさなことを忘れたくないと改めて感じた。

同時期、焦りと不安に駆られる気持ちを落ち着けようと、食材を買うよりも本を買うことを優先していた。一度に全て読み切ることができるわけでもなく、部屋の本棚に積み重なった未読の本たち。ガーベラをきっかけにそれらをおもむろに読み始めた。開いた物語の舞台は喫茶店と書店。それからも落としたものを取り戻していくかのように様々な本を読んだ。驚いたのは、意図せず選んで買って積み上げていた本、それもその中から読もうと選んだ本の全ての物語の舞台が何かしらの「お店」だったこと。読めば読むほど、物語の中で紡がれる人の感情、その感情が渦巻いてぶつかったり、交換しあったり、互いに見守ったりする空間に惹かれていく自分がいた。それから程なくして「お店がしたい」と思うようになるのはごく自然な流れだった。今すぐにできるかどうかは別にして、お店をすることを選びたいと思った。

それから1年かけて、お店の構想を練った。どんな空間にしたいのか、何を商品として扱いたいのか。その道のりも決して近道ではなかったと思うけれど、「できること」

を伝えていた時よりも「お店がしたい」と素直に言葉にするようになってから、ご縁が繋がり始めた。当時の経済状況は、相変わらず預金通帳と睨めっこ状態。不安は消えることはないし、何度だって焦る気持ちは現れてくる。ただ、作りたいものが自分の中で納得したものになったからなのか、以前の荒れ狂うような焦りとは少し違っていたように思う。何かをできるようにならないといけないという思いを抱えていた時は、急いで私ではない誰かになろうとしていたが、今は誰かになる必要がないと思えたことが影響していたのかもしれない。お店について構想していく中、一人暮らしが二人暮らしになり、以前の仕事はかなり縮小させ、緩やかに暮らしも仕事も変化していった。

そして二十五歳の冬、『かみつれ文庫』というお店をオンラインで始め、書き続けてきたエッセイも手作りで一冊のzineにして販売を始めた。その後ご縁があって、『かみつれ文庫』は私が二十六歳になる日に実店舗が生まれる。そう書くと順調そうに見えるのだが、今の私の『暮らし』と『創る』と『稼ぐ』は、バランスが取れている状態とは程遠い。生計の中心は夫に支えてもらっているし、創作や自らの生業は一歩踏み出したところ。この文章が世の中に出ているであろう実店舗の経営が始まった時には、今よりもっと預金通帳を鋭く睨んでいるかもしれないし、考え方も今とは少しずつ変わっていると思う。

だがその変化の中でも、自分の感情の動きを書きながら感じ取り、心が動くものはちいさなことから始めてみること。それらを大切にすることが、私らしいバランスの保ち方かもしれないと今の私は思う。それは二十三歳の壊れた私が懸命に育てて守ろうとしたことだから。

暮らしと仕事のみたて遊び

花屋みたて店主

西山 美華　にしやま みか

profile

2013年に京都市北区にて、夫と共に花屋「みたて」をオープン。山野草や自ら育てた季節の植物を取り扱っている。古物の花入や敷板、露打ちなど花にまつわる道具なども販売している。いけこみや全国発送もしている。

主な活動地域	年齢	暮らしのこだわり
京都市	1982年生まれ	食べられそうな植物は食べて試してみて植物を知るようにしている

つくっているもの	生計の手段
花にまつわるもの	花屋

ある日

5:30	起床、お花をいけ替える
6:00	珈琲を淹れて飲む
6:15	サッカーの朝練に行く息子を送り出す
7:30	朝食
8:00	息子を学校に送り出す
	お抹茶を点てて飲む
9:00	庭の仕事
12:00	店へ行く
13:00	昼食
18:30	帰宅、晩御飯を作る
21:00	本を読んだり、映画を観る
22:00	就寝

京都の夏は暑く、夏の庭仕事は、朝食前の早朝や晩御飯後などにするので、季節やその日の天候によってスケジュールは変わります。仕事がない時は、音楽を聴きながら料理やお菓子作りをしてリフレッシュ。何でも一度自分でも作ってみるという気持ちで、モノづくりに没頭する時間が楽しい。

暮らしと仕事のみたて遊び

暮らすことが豊かであれば、創ることがたくさん生まれ、稼ぐことに必然的に繋がっていく。本書の問いの、創ること・稼ぐこと・暮らすこと、という3つの言葉を考えた時、私にとっては、大切に想う順番があると思いました。1番に暮らすこと、2番に創ること、3番に稼ぐことです。どれも大切で、全てがあるからバランスがとれているのですが、気持ちとしては10の割合でいうならば、暮らすこと6、創ること3、稼ぐこと1、という感じですかね。稼ぐことを強く意識するよりも、暮らしに気持ちのゆとりがある時の方が、創作も仕事もできるということを実感しているからです。これは目に見えない、気持ちの面でのバランスですね。

暮らすことが大事だといいましたが、お店を経営していてスタッフたちの暮らしも支えていかないといけないという責任があるので、リアルに稼がないといけません。なので、実際には、暮らすこと4、創ること2、稼ぐこと4、ということになるのかもしれません。後者は、目に見える、実際の数字の面でのバランスですね。

私にとって、日々の暮らしが豊かでないと、創ることも、稼ぐことも出来ないと思っています。逆に、稼ぐことを起点に考えてみた時、暮らしを整えると創るアイデアが生まれ、新しいモノが生まれ、結果として稼ぐことに繋がっていきます。「モノ」とは、ここで言うと、いわゆる、自分で創り出してお店で売るモノのことです。創り出すモノには、目に見えるものと目に見えないものがあります。

目に見えるものは、例えば花入。古物を仕入れてそのまま販売することもありますが、欠けていたものを継ぎ直したり、陶片に金具を付けて壁掛けにしたり、手を加えることで、みたてらしいものになります。目に見えないものには、お花の物語、お花に込めた想い、お花のうんちく、お客様と共有しているお花の思い出などがあります。

私は、花屋といっても、ただお花を売るだけが仕事ではありません。お客様に何か心動くモノを伝えられたらと、目に見えない想いを花に託しています。なので、花を売る花屋ではなく、季節を売る花屋がしたいのです。みたてで扱っているお花は、ハウス栽培で一年中きれいに仕立てられたお花ではありません。そういったお花は美しいのですが、その季節に自然に咲いているお花に心動かされます。嘘のないお花。お花が本当に愛おしくて、一輪のお花、一枚の葉っぱ、一枚の落ち葉からもその愛おしさを感じ取っていただきたいという気持ちです。平安時代の手紙のやりとりで、和歌を書いた手紙に植物を添えて贈るという「折り枝」というものがありました。それは時に、和歌や紙も用いず、植物のみを贈って気持ちを伝え合っていたとも言われています。葉や花びら一枚で、また葉の色の移ろいなどでも気持ちを表現できます。例えば、松を贈ることで「あなたのことを待っています。」と表現できたり、「葉が表向きだと元気、裏向きだと悲しい。」なんてことも表現できると思います。折り枝は「ことば」としての役割もするのです。とても面白いです。そう思ってもらえるには自分が花と向き合い、花を知り、一輪の花に想いを込めることが必要だと考えています。

自らモノを生み出さないと稼ぐことは出来ないわけで、モノを生み出すアイデアが生まれる瞬間ってほとんどが、日々の暮らしをしている最中なんですよね。それって、暮らしの営みの中で生まれたものによって、またさらに良い営みが出来ているということなんだと思います。

ある時、花入の取っ手の部分のデザインを考えていました。仕事中にお店で考えてもなかなか思い浮かばず、自宅で過ごしている時にいつものようにコーヒーを淹れようとした瞬間、アイデアが思い浮かびました。いつもコーヒー豆を入れている入れ物を手にした時にコレだと思い、その取っ手が花入のデザインの元となりました。暮らしの中で、美しいと思ったものや感情がカタチになって生み出されます。

私が美しいと思うことは、そのモノが物質として美しいということだけではなく、そのモノの存在する意味であったり、そのモノの傷跡なんかも美しいと感じます。美しいモノに出会った物語のひとつに、息子が小さい時から近所の空き地でたまに拾って来てくれる陶片があります。きっと誰かがいらなくなったお茶碗を空き地で砕いて捨てているものなんだと思います。息子は宝物を見つけたように私にプレゼントしてくれます。その陶片がとても良いのです。我が家の箸置きとして、コレクションになっています。今ではずいぶんと集まりました。植物の話では、植物の虫喰いの葉っぱ、朽ちたもの、枯れ葉など、美しいとされないものから、美しさを感じることができて、それをお客様と共有できた時は本当に嬉しいです。

このように書くと、充足した暮らしから仕事のアイデアが溢れるように生まれているようですが、そうではない時期もありました。私は、10年ほど前に夫と、山野草の花屋をオープンし、その2ヶ月後に息子を出産しました。幼少期からずっと夢だった「いつか自分のお花屋さんをする」ということと、出産のふたつが同時に叶いました。どちらも全力でやりたいがゆえに、頑張りましたが、どちらも中途半端に思えてしかたなかったですし、当時は子育てと仕事が上手くできない、という日々でした。住居兼店舗であれば、子供とずっと一緒に居ながら仕事が出来ると理想を持っていましたが、実際は気持ちの切り替えができず、息子が泣いていてもかまってあげられない時なんかは本当に申し訳ない気持ちでいっぱいでした。

でも、日々何気に過ごしていることに興味を持って視点を変えてみる。ただそれだけで暮らしが豊かになるんです。例えば、その物の本来の使い方をしてみないとか。みたて遊びですね。子育てもそうしてきました。一枚のハンカチ。大人だとどうしてもハンカチは、手を拭くものであると思います。でも子供に渡せば、たちまち何にでもなる一枚のハンカチ。バナナになったり、お弁当箱になったり、電車になったり、子供たちは本当にアイデアの塊です。また、ある時は、息子が拾ってきた石を叩いて砕いて砂にして、絵の具を作って、絵を描いていました。みたて遊びをすることで、思いもよらぬ発想が生まれて新しいモノが生まれるのです。

そして、私はいつもどこかに子供心を忘れないようにしています。子供の頃に持っていた感情は、先入観なく何でも本気で楽しめて、オリジナルのアイデアが湧き出てきます。そうすることで見えてくるものがたくさんあるんです。私がたまにすることがあるのですが、野原にごろんと寝転がったり裸足で歩いてみたりなんかします。よく大人が子供に「汚れるからダメ」とか言うけれど、子供は身体全体の五感でちゃんと自然を感じているのでしょうね。子供にダメっていうようなことを大人もやってみると、なかなかいいなぁと思うかもしれません。大人になったから思いっきり出来なくなったり、制約ができて頭や身体が固まったりすることも、子供と本気で遊ぶことでモノづくりのアイデアがうまれるのではないかなと思います。

みたて遊びの例として、私は子育て（暮らし）と植物の育て方（仕事）は同じだとみたてています（＝創意工夫する）。よく、お客様に植物の育て方を聞かれます。基本的な育て方はお伝えしますが、あとは育てる環境が違うので育ち方も変わります。なので「本当によくよく観察して、触ってあげてください。」とお伝えしています。そうすることで気にかけてあげられるからです。きっと人間もそうしてもらうと安心するんですよね。同じですね。

植物も人間と一緒で、ひとつひとつ生まれた場所も違えば環境も違います。例えば、いっせいにたくさんの植物を見るよりも、ひとつの植物を1年間、春、夏、秋、冬とじっくりと観察してみる。そうすることで見えてくることがたくさんあります。むしろたくさん見ようとすると見えないんですよね。子供は夏休みになると元気いっぱい走り回って、成長して、夏休みが終わったら「なんだかすごく大きくなったね！」って言われます。植物も夏にはたくさんの太陽の光を浴びて、両手を広げるかのように葉っぱを大きく広げ、背をぐんぐんのばす。本当に同じなんです。ちなみに息子は今では元気いっぱいの小学5年生になって力強く育ち、スタッフの一員かのように一緒に仕事をしてくれたり、お店の経営の話にまで入ってきてくれたりしてとても頼もしいです。お花をよく観察していると子育ての仕方がわかるし、子育てをしているとお花の育て方がわかります。子育てからだけではなく、自然界にありのままで存在する植物から教わること、そこに生きる全てのヒントがあるように思います。

私は自分なりに創意工夫してそれが上手く出来た時に人生楽しいなと感じます。このみたて遊びのように、暮らしも仕事も、いつもどこかに一度みたててみる（創意工夫する）ことを考えながら過ごしています。私は今日もみたて遊びをしながら、暮らしも仕事も、そして人生を楽しみ続けています。

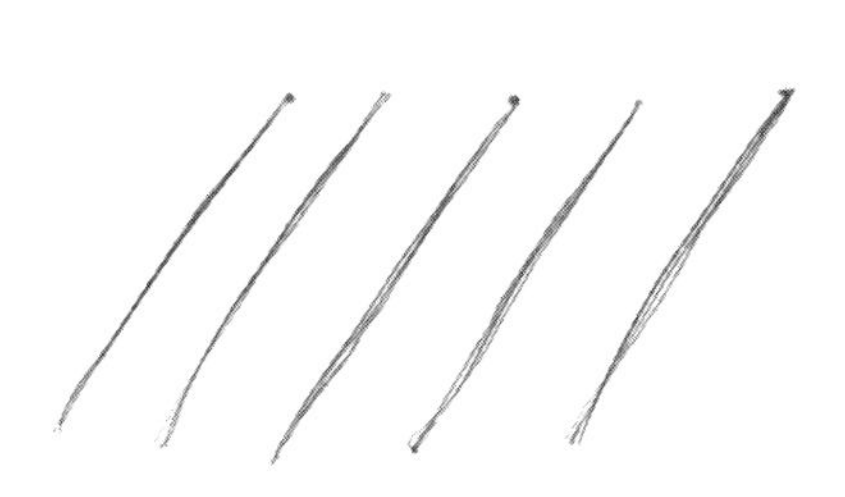

やめられないまま、そのまんま

新渡戸文化学園 VIVISTOP NITOBE クルー

廣野 佑奈　ひろの ゆうな

profile

あらゆるものづくりが大好きなひと。ものづくりを通して、人と人とが繋がる場づくりをし続けている。また、デザインの手法を活かして実験的な作品を創ることを研究中。

主な活動地域	年齢	暮らしのこだわり
東京都	1999年生まれ、25歳	好きなときに洗濯機をまわす

つくっているもの	生計の手段
場、人、モノ	教員の仕事

ある日

8:00	起床
9:00	出勤
11:00	図工の授業
12:00	給食
13:00	デザイン作業
15:00	アフタープログラムの実施
17:00	打ち合わせ
18:00	退勤
19:00	夜ご飯
20:00	お風呂
21:00	創作活動
24:00	就寝

出勤以外で決まったルーティンがありません。休日は朝起きたときの自分の状態によって、どこに行くか、何をするかを決めることが多いです。

やめられないまま、そのまんま

「問い」をいただいてから、なんだかずうっと、このギモンが頭の中でぐるぐるしていました。創ること・稼ぐこと・暮らすことのバランスが〝保たれている〟状態って、どんな状態なんだろう？「生活リズムが整っていて、安定した収入と貯金があって、創作活動もスランプなくできている状態」をいうのだろうか。

そうしてぐるぐるしたのち、思い立って「今週のスケジュール表をつくってみよう！」と、タスク管理アプリを入れてみました。考えるだけでは答えは出ませんから、まずは自分の思う「バランスが〝保たれている〟状態」を、自分に当てはめてみようと試みたのです。

はじめに、ＴＯＤＯリストにはその日のやることを洗い出し、できたらチェックをすること。１日の食費は１０００円までに抑えて、生活必需品だけ買うこと。出展予定の作品ラフは、０時までにやること。アイデアスケッチを最低１枚は描くことなどと、毎日の行動を管理してみることにしました。実際、こういったチェックリストをつくることで、自分はいま「何のために」「何をやりたいのか」「何をすべきなのか」などがはっきりと見える化しますから、頭の中はすっきりしました。

そうして、いざ、やってみよう！と寝て、起きて、出勤して、帰って。まずは1日目が終わります。これができた。これができなかった。明日はあれをやろう。仕事終わりでうとうとしながら、また次の日に備えます。2日目が始まって、またできたことできなかったことをチェックしているうちに、なんだか気が重たくなってきて、私はタスク管理アプリを消しました。2日目で、泣く泣くの断念です。実はこれまでの人生で10回程度は挑戦していたのですが、結果は毎度同じ。いつも、大好きな「創ること」が、嫌になってしまいます。

つまり、私には「生活リズムが整っていて、安定した収入と貯金があって、創作活動もスランプなくできている状態」がほぼ無い上に、計画して実行すると、逆にバランスが崩れるタイプなのです。何もかも曖昧で、発展途上な私。ここではそんな私の、少し長めなひとりごとを呟きます。

とある日、生徒Aさんと一緒にものづくりをしているときのことです。その子が、こんなことを呟きました。

「本当は創ることを仕事にしたいけど、どうすれば仕事になるのか分からない。まずは安定した仕事に就かなければいけないのかな」

そのときの私は、うなだれるほど、共感してしまいました。きっと、年齢問わず、創作活動を仕事にしたいと思う人にとっては、切っても切り離せない人生の悩みかもしれません。でもその生徒は、ただ悩んでいるだけではなく、いま目の前で自分が創りたいものを創りながら、真剣に将来について考えていました。とても、かっこいい姿でした。その姿から、私も本当に創りたいものを、なんでも創り続けようと心にきめたものです。

こんな風に、学校という場に居ると、「創ること」を仕事にしたいという生徒に立ち会うことがあります。こんなとき、私から「こうするといい」と教えられることはほぼありません。だって私は、先生でもあり、生徒と同じ「創り手」でもあります。私も、「創ること」で悩む当事者だからです。ですから、先生として方法論を教えるのではなく、同じ「創り手」として一緒に考えていきたい私は、その呟きに対して一緒に悩んで、次に繋がるかもしれないものを一緒に創らせてもらいました。

さて、このように私のいまの生業は、おもに教員です。東京都中野区にある、新渡戸文化学園VIVISTOP NITOBEというクリエイティブスペースで働いています。VIVISTOP NITOBEには、アイデアをカタチにするための機材や材料、さまざまな人が集まります。一見すると、ものづくりするだけの場所に見えますが、それだけではありません。最近はギターを弾く人もいますし、勉強をする人もいますし、クルーとお話ししに来るだけの人もいます。何にもする予定はないけど、何かありそうだから来てみました！という生徒もいました。

そこでは「先生」のことを「クルー」と呼び、授業設計やプロジェクトの企画といった場づくり全般の仕事をしています。授業も担当するのですが、あんまり先生ぽくないものですから、ある高校生に「お姉さーん！」と呼んでもらえたり、ある小学生には「ゆうなちゃん」と呼んでもらえたりと、人それぞれいろんな関わり方をしてくれます。

そして、そんなクルーの仕事内容は、日によって、月によって、季節によっても変わります。ある春には高校生の制作をお手伝いし、ある夏にはVIVISTOPメンバーと屋台をつくって駄菓子屋さんを開き、ある秋には中学生とファッションデザインの授業をし、ある冬には生徒と雑誌をつくりました。

これだけ聞くと本当に先生の仕事なのか？と耳を疑ってしまうかもしれませんが、例に出したものはすべて、2023年にさせていただいたお仕事の一部です。そして、これらの仕事のほとんどが、誰かに「やりなさい」と言われてやっているのではなく、自分たちの「やりたいこと」「創りたいもの」をベースに成り立っているものですから、おもしろいのです。どんな活動も完璧に計画して、実行すれば成功するなんて保証はまったくありませんし、実際やってみてうまくいかないことも沢山ありました。それがまたまた、おもしろいのです。

あらゆる方と「やりたい！」という想いをカタチにできる場所。そんな場所で、仕事を「創ること」が私の仕事。この場所に来る生徒と同じく、私も常に「創り手」です。


ある日、VIVISTOPに来訪した方とお話しをする中で、こんな質問をいただきました。

「クルーの皆さんも、創りたいものを創るんですか」と。

はい。もちろん、創ります。

でも、私は一人で没頭しすぎるものに関しては、VIVISTOPであんまり創らないかもしれません。これはクルーによって感覚が異なると思うのですが、一人で没頭して創りたいものは、基本的に家で創るようにしています。VIVISTOPでは、場を創り続けることに加えて、誰かとのコミュニケーションが生まれるかもしれない種、誰かのアイデアになったりするかもしれない種を創って、蒔いていたいのかもしれません。

すると、私にとっての「仕事で創りたいもの」と、「仕事以外で創りたいもの」は、すこし別モノらしいことに気がつきました。


では、例えば仕事以外で創りたいものを「創ること」だけで、「稼ぎ」「暮らす」には、どうすればいいのだろう？

こうなると、はじめに挙げた生徒と、まったく同じ立場です。私も、高校や大学に通っていた頃は、「創ること」一本で食べていけたらいいなと思いましたし、いまでもたまに考えます。

けれども私はまだ、自分が本当に創り続けたいものがなんなのか、定まっていません。自分でも分かっていません。というのも、新しいことを始めるのが大好きなばかりに、これまでいろんな「創る」を試してみました。裁縫や、イラストレーションや、グラフィックデザイン、写真、映像、アニメーション、3Dモデリングなどなど……。ジャンルを問わず、自分って何の「創ること」を仕事にしたいのだろう？と悩み続けて20数年。まだ、「これだ！」とビビッとくるものはありません。

あるとき、「稼ぐこと」を目的に「創る」仕事に挑戦したことがありました。一時期、「稼ぐこと」が安定していなかった大学生時代、貯金が底をつきそうになってしまったので、創りながら生計を立てられそうなバイトを探していました。友人の紹介から、結婚式のエンディングムービーを撮影する仕事を始めてみたのですが、体力も精神力もめいっぱい使う仕事でしたから、学業と併せて生活も崩れていきました。それでも「稼ぐ」ために、

「暮らす」ために、シフトを入れて「創る」仕事をする。「稼ぐ」ため、「暮らす」ためと、それらが目的になっていたからか、楽しいはずの「創る」仕事が、なかなか楽しめませんでした。

けれどもある日、私が撮影した映像を見ながら、感動で泣いている新郎新婦さんを見たことがあります。そのとき、「稼ぐ」目的を忘れ、とても喜んでいる自分に気がついたのです。「稼ぐこと」が目的ではなくなった瞬間は、自分でも不思議な感覚で、ふわふわとした気分のまま、帰ったことを覚えています。それからは、「創る」ことをただこなすのではなく、自分も楽しんで映像を「創る」ことにしたのです。

「稼ぐ」「暮らす」ために「創ること」をしていたはずが、「創ること」で結果的に「稼ぎ」、「暮らし」ていた。似ているようですが、これはちょっと違います。まず、「創ること」をただの手段にしないこと。「稼ぐ」「暮らす」ことはただの目的にしないこと。私にとっては、それらが達成されて初めて、「創ること」「稼ぐこと」「暮らすこと」の、バランスの基盤ができるのかもしれないです。

私はいま、創りたいものを「創ること」をしながら、やりたい仕事で生計を立て、好きなものを食べて暮らしています。これだけ言うと、生活が安定しているように見えるかもしれません。

ですが、自宅には洗いきれていない洗濯が山ほどある週もあります。家計が実はギリギリの月もあります。本当に創りたいものがなんなのか、まだはっきりしていません。なにもかもうまくいけばいいのに！と思いながら、コツコツ頑張っても、うまくいかないことだってあるのです。

そんな「稼ぐこと」「暮らすこと」のバランスが崩れていても、「創ること」は結局やめられません。「創ること」のおもしろさを知っていて、それが「生きる」いちばんの原動力になっているからです。


ある日、生徒Aさんがこんなことを言ってくれました。

「一緒に創るこの時間が、本当にたのしかった！」

私は、「生活」のバランスが崩れていてもいなくても、やめられない「創ること」にのめり込んでいるときは「人生」のバランスがとれちゃいます。だからいまも、そのまんまで、生活しているのかもしれません。

細く長く暮らす

古本よみた屋 副店長／文章で遊ぶ人

ブン

profile

2024年3月末に個展を開催。「待ち侘びた寒明けに麗日の候を催促し、溢れ出す欲望に色を付けながら、密会でもしないかという提案」をタイトルにテプラを使い文章で遊ぶ空間を創る。創る文章と話す時の温度差にギャップがありすぎると言われ、しめしめと思っている。ひねくれた人間。

主な活動地域	年齢	暮らしのこだわり
東京都内	1998年生まれ、 26歳	貧乏人らしく身の丈にあった生活 タバコは一日一箱まで 毎日逆立ち

つくっているもの	生計の手段
テプラ作品、 文章（エッセイ、小説、詩）	古本屋での仕事 執筆や個展活動

ある日

6:00	起床、朝ごはん
7:00	読書、執筆
9:00	担当者にメール返信
10:00	古本屋出勤
13:00	昼食
14:00	古本屋
19:00	退勤
20:00	夕食
21:00	家事諸々
23:00	風呂、スキンケア、ストレッチ、逆立ち
24:00	製作、執筆、読書
27:00	就寝

珍しく日が回る前に就寝しようとしたが、積読の中から三島由紀夫の『太陽と鉄』を見つけ読み耽った末に、朝を迎えた。せっかくならばと思い、早朝からさつまいものスープをコトコトと作った。

細く長く暮らす

私にとって「創る」という言葉は少し大きな動詞かもしれません。文章を書き始めて5年目です。まだ青く蕾にもなれていない状態でしょうか。やっと2本足で立ち始めたところでしょうか。最初は日々をひたすらに書き記し、いつ終わるかもわからない人生の記憶の印として書いていました。コロナ禍で自由に動けない憤りを書き、社会人になり働くことへの疑問を無心に愚痴のように書いていました。その頃から私の行為は「創る」だったのでしょうか。時間が経つとそれでは飽き足らず、妄想を文章にし、現実と夢の往復をするようになりました。実際に、文章、言葉を固体として具現化し始めたのはつい2年前の話です。上京する前までは、note やインスタグラム等のSNSを介して読んでもらうだけでした。読み手の表情や読んでいる時の温度感を肌で感じることはありませんでした。自分の書いた文章を読んでもらい承認欲求を満たしているという反面、文章を読んで欲しいと言ってしまう傲慢さ、形にしてしまうとゴミとなんら変わりないと思ってしまうひねくれ具合、その葛藤でいつも地獄の上澄にいる気分でした。それを解消してくれたのがテプラと展示でした。言葉を可視化しつつ音感で遊ぶためにテプラを使い始めました。最初は熟語や単語だけを印刷していましたが、自分の創った作品を細く長い一本の帯に乗せて踊らせることができる気持ちの良さに心が躍りました。デジタルの中だけで収めずに、モノとして読むことができる気持ちの良さは、紙の本を読む時と同じ畑にいると思います。初めて、展示をした時は怖さで押し潰されそうになりました。今まで私が欲していたものがその場で実現できてしまったのです。私の作品を読む人の表情、頷き、うーんと首を傾げる様子、生身の人間の新鮮な感想をこの体で実感できたのです。その空間のなんとも言えない浮遊感、じっとしていられない高揚感、実際に目の前で読まれないと感じることのできない感覚でした。創作をする時は、大きくかっこよく余白はたっぷりと、どこか感じるだらしなさ、そんなことを頭の片隅に置いて創っています。創っている時は、辛い、悲しい、楽しい、嬉しいなんて大層な感情はなくて、ただただ無になれます。無心で書ける限り、私はこの表現をやめることができないでしょう。この時間をずっとずっと息絶えるまで続けていきたいと思うのです。私の創るは生きるそのものなのかもしれません。

そして「稼ぐ」と言っても私の本職は古本屋の店員です。周りの大人達には、「さっさと独立して文章一本で暮らしていけるようになればいいね」なんて勝手を言われます。でも、残念ながら私は二足の草鞋の方が性に合っているんです。古本屋という基盤があって創り上げられる文章なんです。執筆だけの暮らしは考えられません。上京してすぐは執筆の仕事はほぼありませんでした。当たり前に正社員として週5働いてその合間を縫って文章を書く、これが暮らしの基盤です。少しずつ執筆の依頼が増えてきて、展示をするようになりました。それでもこの暮らしは変えたくありませんでした。本とともに暮らしを創っていく中で出来上がる文章達なのです。綺麗事に聞こえてしまうかもしれませんが。しかし、大きくてかっこいい作品を創るためにはもちろんお金も必要です。お恥ずかしい話ですが、実家を出、一人暮らしを始め、お金に余裕があった時間なんて1秒たりともありませんし、これからもないと思っています。もちろん本職があるという安心感に頼っている部分もあります。本職がなければその時間を作品創りに充てられるのにと思う日もあります。文章だけで稼いでいく、それがいかに難しく困難なことか、ひしひしと感じています。もっといいやり方、上手くやれ、もっと稼げるぞと言われます。しかし、利益だけを求め損得勘定だけで創るモノは私にとって作品とは言えません。商業には興味がなく、死んだあとに自分の化身（文章作品）たちが悠々自適にこの世を飛び回ってくれたら嬉しいのです。もちろん実際に名の知れた表現者たちは自分の作品で稼いで生活をしています。彼らがどんな経緯を踏んでそうなれたのかは知りません。もし、私の勝手な願望ですが、ひたすらに自分の納得のいく作品を創り続けた先にそれが待っているのであれば、作品で稼ぐことは絶望にはなり得ないのかもしれないと密かな希望をちょっぴり持っています。そんな小さな希望を持ちながらも、私は古本屋の一店員として制作を続けていくんだと思います。古本屋で働くことによって得られる感情表現や、積み重ねていく心象風景、多くはない職業だからこそ私の作品創りの種になっています。これからも私は古本屋店員としての生業を歩み、そこで得たお金と知見を自分の作品に充て、細く長く、文章表現をしていくのだと思います。自分の作品で稼ぐなんて立派な人間にはなれないかもしれないけれど、創るを絶やさずに日々を積み重ね、大好きな職場で本と戯れ、ひねくれた生意気な文章達を綴り続けたいです。

「創る」「働く」が混じり合った時間が私の「暮らし」そのものです。朝に起きて昼は働き、陽が沈めば家に帰り制作をする。夜が深くなると本を手に取り、時間を忘れ朝まで読書をしてみる。私は規則的で健康な暮らしはできていないと思います。しかし、不規則であっても自分の呼吸を感じ、感情が露わになる、能動的な暮らしをしていると思います。どれだけ仕事が上手くいかなくても、家に帰れば好きに遊べる場があります。どれだけ制作が進まなくても、朝になれば職場に向かいます。私の暮らしの中には、土台となる「稼ぐ」が大きく広がっていて、その上に不安定だが頼もしい「創る」が立っています。逆だと意味がなく、どちらかだけでは意味がないのです。稼ぐ・働くがあるからこそ私は好きに文章で遊べているのだと思います。「創る」があるからこそ私は「稼ぐ」に対して前向きになれるんだと思います。個展を開催する時は、本職の古本屋の仕事を休んで行います。大体、会期は4日間程度で行うので、土日を代休か有給で休みます。それまでの準備期間はいつもと変わらず週5日働き、退勤後に制作をしたり、休みの日に籠って制作をします。そのため私は、個展までの準備期間を長く設ける必要があります。4ヶ月前には場所や個展の内容を決め、3ヶ月前くらいから制作を始めないと間に合いません。その間は常に個展のことで頭がいっぱいです。お客様は来てくれるのだろうか、場代は取り返せるのだろうか、そもそもこの個展に意味はあるのか。そんな考えても意味のないことをつらつらと考えてしまいます。しかし、結局のところ、かっこいい空間、面白い文章、それだけを創り上げることができたら十分だと自分の中で解決してしまうのです。ただただこの創作・表現を続けていきたいと思うのです。たとえ見つからなくても自己満足でもいい、たった一人しか読み手がいなくてもいい、そう思って創り続けています。一人の読み手さえいてくれれば、それが私の創る理由になるのです。「細く長く」を大切にしているからこそ、稼ぐ必要がありますし、それを欠点だとは思いません。大切にしているものを温め続けるための大切な「稼ぐ」なのです。私は、創作活動だけでは暮らしができません。しかし、それに絶望なんてしませんし、諦めもしません。心が私であり続ける限り、「稼ぐ」と「創る」を繰り返し、「暮らし」をしていくのだと思います。これからも忙しなく働き、ふざけながら文章を綴り続けたいと思います。この私の戯言が誰かの元に届くことを願って、今日も働き、創ります。暮らしはこの先もずっと続きますから。

私は農家であり、農家ではない

はれやか農園代表

槇 紗加　まき さやか

profile

耕作放棄地問題に関心があり、農業の関係人口を増やす活動も行なっている。誰もが畑に来やすくなるようなレモンの観光農園をオープンする夢に向けて日々準備している。

主な活動地域	年齢	暮らしのこだわり
神奈川県 小田原市	1998年生まれ、 25歳	自然体に生きること

つくっているもの	生計の手段
レモン、オレンジ、 キウイフルーツ	農業、 マーケティング、酒蔵

ある日

7:00	起床、朝ごはん
8:00	畑に行く
9:00	畑で農作業
12:00	昼食
13:00	畑に戻る
14:00	畑で農作業
17:00	帰宅
18:00	マーケティングのお仕事
21:00	夜ご飯、休憩
0:00	就寝

明るいうちは農作業をして、夜にマーケティングのお仕事をする日々を過ごしています。夜は友達の家に行くこともあります。

私は農家であり、農家ではない

自分が何者になりたいのか分からず先が見えなかった大学4年の夏。既に内定をいただいていた会社があったが、内定者インターンとして働きながら将来について悶々と考え始めていた時期に、ある農家に出会った。のちに師匠になるその農家との出会いは、これまでの人生において「農家になる」という選択肢が無かった私にとって大きな出来事だった。子どもの頃から農家という存在に出会う機会は少なく、そのどれもが黙々と1人で畑に向き合うおじいちゃんばかりで、正直なところ「つまらなそう」と思っていた。しかし、夏に出会ったその農家は常にたくさんの人に囲まれて、楽しそうに笑いながら農作業をしていた。農園に足を踏み入れると、誰もが笑顔になれる。そんな農園だった。

私はその出会いをきっかけに農家を志し、弟子入りすることに決めた。2年半の間、みっちり修行をしたのち、はれやか農園として独立した。小田原市の片浦地区で、レモンを中心とした柑橘を育てて生きていくことに決めたのである。余談だが、大学卒業後に農業を始めることを両親には言わなかった。農業は危ない面もたくさんあり、ましてや女性1人で農作業をするなんて危険だからと反対されるのではないかと思っていたからである。結局のところ、Instagram の投稿を見た母から連絡がありバレたのだが、今では心から応援してくれている。

独立するには、周りのサポートが不可欠だった。農家として独立するためには、とにもかくにも農地が必要である。農地を借りるには、地主さんやその地域からの信頼を得ることがとても重要だ。新参者だった私にとって、師匠の存在はとても大きかった。師匠は私を様々な行事に誘ってくれた。どんどん焼き、お祭りのお神輿、地域対抗の運動会、農道の掃除など、誘っていただいた行事には必ず参加した。こうして地域の方と触れ合う機会が増え、徐々に仲良くなっていった。田舎は人間関係がとても重要で、1回でもその信頼を崩してしまうと修復が困難になるといっても過言ではない。そんな綱渡りのような関わりをサポートしてくれた師匠がいなければ、私は今農家になっていないかもしれない。心から尊敬する師匠との出会いが、私をはれやか農園に導いてくれた。

こうして農家になった訳だが、実は1人で畑に行くのが嫌いだ。特に夏は、どんどん生えてくる草に疲弊して腰が重くなってしまう。そんな私のエンジンをかけてくれるのは、周りの人の存在である。はれやか農園には、全国各地から様々な人が訪れる。農作業を手伝いに来てくれる人もいれば、畑の空気を吸いながらただ会話をしに来るだけの人もいる。私は、ただ農園に人が来てくれるだけでエンジンがかかる。農作業を手伝わなくていいから、とにかく人に来てほしいのである。私の農園に集まる人のほとんどは、私と同世代である20代だ。日々の暮らしで出会った友達や、SNSでつながった人々が不定期でやってくる。農園に人が来ると、エンジンがかかる以外にも良いことがたくさん起きる。例えば、農園に来てくれた人のつながりでメディアに取り上げていただいたり、飲食店につないでいただいたりと新しい取り組みへと進化していくのだ。農園に来てくれた人から刺激を受け、農園に来てくれた人のつながりで農園が広がっていく。そして、広がった先で出会った人を農園に連れて行く。そんなサイクルが回っている。

人を必要としているのは、農家としての自分だけではない。私は正直に記せば、農業だけでは食べていけないので、様々な仕事を組み合わせながら生活している。その仕事でも同様に、人とのつながりを大切にしている。私の「稼ぐ」軸になっているのは企業のマーケティング支援の仕事だ。現在は、とある企業のマーケティング支援に入っており、コンテンツマーケティングや広告など幅広く支援させていただいている。支援をしている時は、農家である自分ではなく1人のマーケターとして仕事に向き合っている。しかし、最近になってマーケターとして関わっていたはずの企業と、農家として関わることが増えてきた。私が出演したテレビ番組を見たことがきっかけで、はれやか農園のビジョンに共感していただき、一緒にイベントを開く機会をいただいたのである。こうして、稼ぐ領域であるマーケティングのお仕事が創る・稼ぐ領域である農業につながり、さらなる広がりを見せた。

私が生業としているのは、農業とマーケティングだけではない。私は日本酒が好きだ。はれやか農園で生産したレモンを使ったお酒を作るのが夢でもある。はれやか農園として独立したあと、もともと好きだった日本酒を作っている酒蔵を訪れた。レモンのお酒を作りたいんだ、という夢を熱弁していたら「うちで働かない？」と声をかけていただき、本当に働くことになった。夢であるお酒を作るために学びながら、お金を稼ぐことができるようになった。「暮らし」の中で好きになった日本酒をきっかけに、レモンのお酒を「創る」ことが夢になり、学びながら酒蔵で働き「稼ぐ」ことができている。私の生活は、3つの領域が重なり合って成り立っているのである。

他にも、3つの領域が重なり合ったことがある。私は、暮らしの領域で「食べること」を楽しみにしている。お酒を飲むこともその1つで、特に日本酒とビールが大好きだ。美味しいご飯を食べている時ほど幸せな時間はない。酒好きが高じて、暮らしの中で出会った人と一緒にお酒を作ることになった。はれやか農園のバレンシアオレンジを使ったどぶろくや、グリーンレモンを使ったジン。どちらもとても美味しくて、感慨深いものであった。暮らしの中で出会った友達と一緒にお酒を作り、それをもとに稼ぐことができたのである。また、暮らしの中で出会った友人がライムの苗木を購入してくれて、私の畑で栽培することになった。それまでレモンをメインに栽培しようとしていた私にとって、ライムは新たな出会いであり、新しい挑戦となった。農業目的で出会った友達ではなかったが、結果的に畑へとつながり、暮らしが創る・稼ぐことへと発展していったのである。

私は、生きていく上で大切にしていることがある。それは、常に自然体でいることだ。心が躍る方に、気の向くままに。自分の気持ちに素直に、自然体で生きていくことにこだわっている。自然体で生きていると、良いことがある。自分の気持ちを素直に伝えることができるので、共感を生みやすく多くの人に応援してもらえるようになる。また、無理せず自然体で生きることでストレスフリーな生活を送ることができている。しかし、自然体で生きているとデメリットもある。自分の気持ちが向く方にフラフラと手を広げてしまうので、1つのことに集中できず意識が分散してしまうのだ。興味があることに手を出しすぎて、収拾がつかなくなることがよくある。ある程度の理性を持って、周りに迷惑をかけないような生き方にシフトチェンジしないといけないなと思ったりもする。1つのことに集中せず、色んなことに興味を持つからこそ出会える人もいるし、創る・稼ぐ・暮らすの領域をつなげることができるので、周りの人に助けてもらいながら自然体で生きることはやめたくないなとも思う。私は1人では生きていくことができない。創る・稼ぐ・暮らすのどの領域においても、人と関わりながら人生を紡いでいる。

手仕事と心地良いバランス

江戸切子職人

三澤 世奈　みさわ せな

profile

明治大学商学部卒業。大学在学中、三代秀石 堀口徹の作品に感銘を受け、門を叩く。2014 年、堀口切子 入社。2019 年より堀口切子のブランド「SENA MISAWA」の制作、プロデュースを担当。

主な活動地域	年齢	暮らしのこだわり
東京都	1989 年生まれ、34 歳	1 日 1 回はラジオを聴いて新しいことを知りたい

つくっているもの	生計の手段
江戸切子	会社員

ある日

7:00	起床　自分と子供の支度
9:00	出社　加工作業
12:00	昼食（仕出し弁当）
13:00	吹きガラスの素材制作アシスタント
16:00	退社
17:00	子供を保育園に迎えに行き、買い物
18:00	夜ご飯を作る
19:00	夜ご飯
19:30	子供とお風呂
20:30	子供を寝かしつけ
21:30	夫とまったり
22:30	就寝

仕事では基本的に加工作業を終日しています。デザインを考えたりということは業務時間関係なく行います。ある日のように吹きガラスの工房へ行って、お願いしている素材の制作アシスタントをしたり、打ち合わせが入ったり、取材を受けたりということもあります。

手仕事と心地良いバランス

私は、江戸切子と呼ばれる、ガラス工芸品を作る職人をしています。素材となるガラスを、吹きガラスの職人さんに作ってもらい、それを回転する刃に押し当てるようにして削り、ガラスの形を変え、模様を描いていきます。作るものはグラスやお猪口が主ですが、アクセサリーや、オブジェのようなアート作品もあります。自分や誰かへのギフトとして考える方が多く、ご家庭では勿論、お料理屋さんで使われたり、会社のデスクに飾っているという方もいたり。最近はSNSやネットショップを通して、さまざまな使い手の感想を頂ける機会が増えて、嬉しく思っています。

私はただ創ることがしたい、というよりは、自分も好きなことで、喜んでもらえることをしたい。つまり他者（使い手）からの評価が自分にとって必要な、「手仕事」をしたいと思ってきました。手仕事の特徴は需要がいくらかは想定できることにあると思います。なので、創ることが全く稼ぎにつながらないということが少なく、最低限暮らすくらいには稼ぐことができるという考えのもと、前職のネイリストや江戸切子職人という仕事を選択して今日まで来ています。暮らすことのバランス、というと、独身の時は、会社が許してくれていたので、平日も休みの日も好きなだけ仕事をさせてもらっていたし、遊びも仕事に活かせそうな場所や出会いを求めていました。結婚して1歳半になる娘がいる今も、作業できる時間は減っても、どこか仕事のアイデアを探しつつ、生活している、あるいは生活で経験したことが自然と仕事に反映されていることは変わりないと思います。創ることは稼ぐことで、暮らすことが創ることにつながり、稼ぎになる。高校生の頃からそう思っていますし、そう生きてきたと思います。

私が現在勤める株式会社堀口切子に入社し、江戸切子職人となったのは、2014年の7月1日。現在の親方である堀口徹氏に「弟子にしてください」と初めて連絡した時から、約3年後のことでした。その3年間、つまり、堀口切子に入社するまでの期間は、大学生の頃に元々目指していたネイリストの道に進み、生活していました。しかし、その期間も入社前に頂いた親方の教えを踏まえて、私はただひたすらに節約するだけの暮らしをするというよりも、どこに投資すべきかを考えることが大切だと思いながら暮らしていました。住居は学生時代から安価なシェアハウスに住み、切子職人になってからも、6年目までずっとシェアハウスで暮らしていました。それでも、ネイリスト時代には技術や経験を求めて海外に留学に行ったり、切子職人になってからは、吹きガラス教室に毎週通っていました。

　私がそもそも、堀口切子を知ったのは、親方が当時監修をしていた商品（美容クリームの器に江戸切子を採用したもの）がきっかけでした。その江戸切子の器の圧倒的な美しさと、伝統工芸でありながら、他の分野の商品にもなれるという可能性に感銘を受け、堀口切子の商品や、堀口氏の作品について調べました。その中で、伝統と革新とは表裏一体、伝統工芸こそ時代に合わせた変化が必要であるとする堀口氏の考えに深く共感し、門を叩くこととなりました。

　私は親方の一番弟子ですが、入社した時には、アルバイトに来ていた先輩がいました。その方はやはり生計の観点から、違う会社に入ることにしたそうです。私は、大学ではアルバイトはしていたものの、学費も生活費も親の援助を受けて、不自由ない生活をさせてもらいました。親方は大学3年で江戸切子職人になりたいと言って来た私に、それがどれだけ金銭的にも、体力的にも大変なことなのかと、丁寧に教えてくださいました。当時、堀口切子は人を雇う状況ではなく、そういった業界の大変さも、わざわざ断る為に時間をとってくれる職人など他にいないことも。創ること、稼ぐことの厳しさ、その暮らしの現実をその時に教えてもらったことで、手仕事を仕事にするということが真の意味で明確なものになりました。その後、実際に職人の厳しさ、現実を経験することになりますが、真剣に心づもりがあったのと、無いのとでは全く違ったように思います。

実際に、私が入社した当時は、週休1日、仕事は切子の加工業務に関すること以外にも、梱包、出荷、掃除、洗濯、自主的に練習をする時間も自分で確保しなければいけない状況でした。そうした現状に対して私は、業務時間中はなるべく教えてもらう時間を確保したかったので、その他の時間に自主的に雑務を片付けるように努めました。仕事についてみて、切子の加工に関して、自主練習は予習、復習としては効果的だけれど、技術を最も早く習得するには実務を早く教えてもらい、量をこなすことが必要だと感じたからです。

また、会社に入ってから、オンラインショップのデザイン、運営をしたり、SNSを運用して広報や、営業に参加したり、吹きガラスの勉強や、自主制作で独自の作風を模索したりしました。そのどれもが自分たちの創るものをより良くしたい、より良く見せたい、手にしてもらいたいからこその行動でした。

趣味はなんですかと聞かれる時、吹きガラスですと答えます。でもそれも仕事の一環みたいなものではと言われてしまいます。確かに。私は切子職人であり、普段からプロの吹きガラス職人の仕事ぶりを知っているので、どうしても自分の吹きは趣味程度としか思えない節があり、切子の素材として自分で吹こうと思ったことは一度もありません。けれど、試作素材を作ったり、吹きでのアイデアを試すために吹きガラスの工房に通っていました。その中で、江戸切子ではあまり使わない、不透明な色ガラスの良さに気づくことができました。自分の家の真っ白なインテリアに合わせるとしたら、こんな不透明で、落ち着いたトーンの色合いの切子が欲しい。その風合いを自分のアート作品として取り入れて、制作していたところ、親方から声をかけてもらい、会社の新ブランド「SENA MISAWA」として商品化することになりました。

ブランドを立ち上げて初めての年は、分かりやすい切子のぐい呑を、今までの江戸切子には無い不透明な淡い色合い、マットな質感で作りました。しかし、ブランド立ち上げ当時、お酒を飲まない知人から、江戸切子で日常使いしやすいグラスがあったら欲しいという声を聞いていて、それを作りたいと思っていました。それから少し経った時、知人の経営するBARの「カジュアルな場所で、本格的なお酒を」というコンセプトを聞き、そこを訪れた時、それまで形に出来なかったグラスのアイデアが自然と浮かびました。この空間に合う切子とはどんなものだろう。こんな風にして自分の生活空間、訪れた場所や人との出会いが、いつも私の創ることへの発想源となるので、暮らすことと創ることはとても密接に関係していると感じます。

問いの回答を改めて考えると、創ること、稼ぐこと、暮らすことというのをそもそも分けて考えることが私には難しく、この3つのバランスは自分だけで全て決められることでも無かったりすると思います。その時々の暮らしの中で、自分ができる最大限の創ること、稼ぐことをしているということです。

創るだけじゃない、使い手に買ってもらって、稼がなきゃいけない、家賃を払い、子育てをして、暮らしていかなきゃいけない、それは自分の経験の全てを活かして、常に心地良いと思える選択をしていくことで、良いバランスが保てる。その心地良いと思える選択をするために、自分の求めていることに辿り着く選択肢は何なのか、考え尽くす努力はしてきたと思います。例えば、2018年にブランドの構想をはじめた時、私は会社でそのブランドがどんな位置付けとなり、自分のキャリアがその後どのようになっていくかの理想を考えました。産休、育休、そして復帰後、職人としての一線を退いての働き方まで考えていました。どんなバランスになろうと、自分がよく考えて、納得して選択したものなら、きっと満足のいくバランスになるだろうと思っています。

土、政治、経済

本屋店主／モノ書き／時々大工

モリテツヤ

profile

汽水空港乗務員。田畑をしつつ、時々建築したり、文章を書いたりしながらどうにか生きている人間。現在、汽水空港ターミナル2と名付けた耕作放棄地を「食える公園」にしようと奮闘中。

主な活動地域	年齢	暮らしのこだわり
鳥取県	1986年生まれ、37歳	履歴書を書かずに済むように、面接を受けずに済むように暮らしたい

つくっているもの	生計の手段
家、米、野菜、本、畑	本屋業と文筆業

ある日

7:00	起床
8:30	息子のお見送り
9:00	畑
12:00	昼食&店を開ける
17:00	息子のお迎え
19:00	店を閉める
20:00	ごはん、お風呂
22:30	就寝

基本的に2歳の息子を中心に回っています。17時に息子を迎えてからはメールも打てず、文章仕事もできず、読書もすることなく就寝時間まで遊んでます。

十、政治、経済

人生とは「何によってお金を得るのか」ではない。そう気付いて、本当にやりたいことをやろうと思った。それは自分の場合、本屋だった。今から15年前の話だ。当時から既に「本屋は儲からない」と言われていた。僕は22歳で、千葉の幕張という都市部で育ち、特技と呼べるものを何も持たなかった。既に存在している書店で働くという道もあったはずだが、高校に入学して以来、幾つものアルバイトを体験する中で「自分は人と働く能力がない」と悟った。協調する気持ちは十分にある。それなのにヘマばかりしてチームに迷惑をかけてしまう。そんなことをずっと繰り返していた。どこかの組織で働く為には、その組織の代表、もしくは人事部の誰かに認めてもらう必要がある。承認の壁を突破することの方が、自分で店を始めることよりも難しいと感じた。

同じ頃、社会の成り立ちに対しても認識が変わり始めた。幼い頃から見聞きしてきた世間の人々の振る舞いの蓄積は、「金が無ければ生きていけない」という常識となって脳に刷り込まれてきた。そして金を得る手段として自分が知っている方法は、タウンワークを拾い、求人を見て応募し、面接を受けるというやり方だけだった。面接を突破し、シフトを組み、月末に手にするお金。このお金で人間は必要なものを買って暮らす。だがその必要なものとは？ 食べ物、家、衣服だ。わざわざタウンワークから始まる承認の迂回路を通じて最終的に手にするものがこんなに素朴で、原始時代から一切変わらないものばかり。食べ物を手に入れるのに誰かの承認が要るだろうか？ 家も衣服も、金の無い時代から存在していた。それに気付いてから、僕は承認の迂回路を通るのをやめた。必要なものに直接自分の体で向かえばいい。本屋をやりたいのなら、承認など待たずに今やればいい。本屋で現金が稼げないのなら、現金で手にするはずの衣食住を自分でつくればいい。そう思って、千葉の実家を出たのが22歳の頃だ。

世の中には様々な人がいるもので、慣行農法全盛の時代に無農薬で作物がつくれることを証明し、その知恵や技術を無償で広めようとする人がいた。僕はその人の元を訪ね、日々の労働力と引き換えに滞在と食事、田畑の学びを提供してもらった。翌年は同じように有機農業に関する知恵と技術を広める為の学校を訪ね、ボランティアスタッフとして働くことで滞在と学びを得た。合計2年の経験を得て、あてもなく旅をし、そしてたどり着いたのが鳥取だった。

鳥取では建築に関する学びを働きながら得た。昔からのやり方、竹と稲わらで木舞を編み、藁を混ぜて発酵させた土を壁に塗る左官屋の親方と出会い、そこで働きながら建物がどのようにつくられているのかを知り、見つけた土地に自分で自分が暮らす為だけの小さな小屋を建てた。小屋を建てた敷地は月に5000円で借りることができた。現在店舗になっている物件も敷地内にあり、朽ちた柱を替え、キッチンとトイレを自作し、どうにか店らしき体裁を整えて、そして2015年にOPENすることができた。小さな本屋を開けるのに7年間も費やしてしまった訳だが、スタート地点に立つ頃には自分で野菜を育てる知識、自分が暮らしていけるだけの家をつくる技術を獲得することができた。当初の予定通り、「儲からない商売だとしても死ぬことはない」という環境をセルフでつくりあげることができたのだった。目的に向かって歩み、着実に最終目的地である「田畑をしながら本屋をする」という状況に近付いていると思える日々は楽しく、シンプルだった。そして無事に開店できた時、「あー人生あがっちゃったわー。もっと冒険したいわー」って、調子に乗ってました。僕は、どうなっても生きていける環境をつくったと思い込んでいた。だけどやっぱり、そんなことはないんですよねえ。

作物や建築に向かう道のりは摩訶不思議アドベンチャーそのもので、それは、これまで自分が見てきた商品としての「野菜」「米」「家」をはじまりの素材から見直す旅だった。家は建材の集合体で、その建材は工業的なものだと思い込んでいたが、土壁内部の竹も稲わらも、漆喰も、全て1から金を介さず、身の回りで手に入れることができる素材を利用して誰もがつくることができるのだと学んでいった。いつも土の上に立ち、田畑や太陽光を反射する水気を帯びた壁土を見ながら体を動かし、出会うべき師を見つける大冒険だった。それは言ってみれば「貨幣経済導入以前の世界」で生きる時間だった。その時間の中で暮らす世界は、自然が生み出す命に満ちていて、その命を扱う知恵があれば何一つ不足のない世界だった。自分の人生にとって、この時代は「土の時代」だった。そして、本屋開業以降、僕の人生は「貨幣経済導入以降の世界」に突入していくことになる。一人の人生のうちで、人類の歴史をはじまりの地点から味わっているような感覚だ。

「貨幣経済導入以降の世界」、つまり商売の世界は、常に元手というものが要る。僕の場合、元手は本で、開店当初はそれまでに自分が買いためていた古本を販売していたのだが、棚に空白が増えるにつれて、さて、売るべきものをどうしたら手に入れることができるのだろうかと、初めて商売の基本に直面してしまった。「そのうち古本を売ってくれる人が現れるだろう」と甘い期待をしていたが、なかなかそんな人も現れず、岡山や神戸などの都市部へ遠出し古本を仕入れようと試みるも、交通費を差し引いても利益を出せる程の仕入れはできなかった。そこで新品の本の仕入れを始めることになったが、仕入れには現金が要る。だが貯金は底をついていた。そこで、セルフビルドで得た経験を活かして建築現場や庭仕事、木こりの手伝い、瓦屋根屋などで働き日当を稼ぎ、その金で本を仕入れるという暮らしをすることになった。店を開け、店を開けていない日は現場で働く。週7労働のはじまりだ。当然、田畑をする時間は無くなり、スーパーへ行き日当で得た金を使って食材を買う生活になった。さらに、仕入れた本はすぐに売れることはなく、働けど働けど現金が本に換わり、税金の支払いもままならず、おまけに仕入れた本は「財産」となって、確定申告時に僕を金持ち扱いにしてくる。なんておかしな世界で暮らしているのだろう。いや、世界は変わっていない。「社会」がおかしい。「貨幣経済導入以降の世界」は「命に満ちた世界」を「社会」に変えている。「社会」のベースには国家があり、国家とは税金徴収システムのことだ。生きていく為に必要なあらゆる行為やモノに税金を課すことで、人間を賃労働から逃さない仕組みづくりが為されている。そして、賃労働はひとつの職に従事する方が圧倒的にラクなのだと、本屋&現場&田畑で暮らそうと試みる僕は肌身に染みるようにして理解した。ではどうするか、国家からの逃避を試みるか、国家の転覆を目論むか。税金の支払いから逃れることはできないし、国家という概念を破壊することもできそうにない。逃れることができないなら、せめてマシに感じられるよう変えていくことはできないだろうか。そう考えて、数年前から「whole crisis catalog（全人類困りごとカタログ）をつくる」という会を開催している。これはあらゆる人々とお互いの困りごとを共有し、相互扶助の発生を期待しつつ、税金の使い道に意見をすることを促す為に行う会だ。そのようにして、僕は「商売の世界」に足場を移すことで「国家の問題」を感じ取り、政治にアプローチしていくことを始めた。だが、政治によって物事が動き、自分の生活に影響を感じられるようになるのは時間がかかるし、それこそ政治の変化を期待して待つことは「承認の迂回路」を通ることに似ている。今生きているこの体、この時間の主軸を自分のものにする。それが最も重要なことだ。政治にも関わり、生活も同時に回していく。だが人間一人でできる活動には限りがある。そうしたジレンマを抱えながら暮らしていたが、この数年で状況に光が差してきた。

変化のはじまりは、近所に人が移り住んできたことからだった。その友人たちと協働で田んぼを始めることができて、一人当たりの負担が分散され、それぞれの生活リズムのズレを利用して仕事を分担する。それで本屋をしながら田んぼをやることが可能になった。おまけに、その友人たちは汽水空港のすぐそばで「jig theater」という映画館を始めた。徒歩圏内に映画館ができたことの影響は、ダイレクトに本屋の売上に繋がった。周辺に人間が一人増えること、店がひとつ増えること、ただそれだけのことで、鳥取の小さな町では大きな影響が生まれる。その影響が重なり合い、汽水空港の運営もバイトへ行くことなく成り立つようになった。と同時に、近隣の公共図書館、学校の図書室へも本を卸し始めた。この社会は市場経済だけでなく、公的な経済圏も存在している。様々な人、店、経済圏によってこの社会は構成されているということに近頃ようやく気付き、汽水空港はどの要素と接続可能なのかを今探っているところだ。それは人と人が出会い、集団や村、共同体を築いていく動きに似ているのかもしれない。

自分の歩いてきた道のりは、まず「土」へ向かい、それから「政治」へ、そして「経済」に到達するという順序だった。恐らく、自分の親世代、それに多くの同世代とは順序が綺麗に反転しているように思う。親元を離れた人間はまず金を稼ぎ、生活が安定したところで政治に関心を持ち始め、定年退職後に家庭菜園をする。それは、「命に満ちた世界を土台とするか」or「社会を土台とするか」というスタンスの違いを表している。僕は「命に満ちた世界」が生きていく土台なのだとこれからも言い張りたい。金が無くては困窮するということを身を以て知ったうえで。

空から写真を撮ることを仕事にする

空撮写真家／NaohPhoto

山本 直洋 やまもと なおひろ

profile

空を飛び、上空から大自然を見ると自分なんて本当にちっぽけで塵のように小さく感じる。それと同時に自分もその大自然の一部になれている感覚になれる。地球と繋がっている感覚。その感動が少しでも伝わるような写真を撮りたいと思いながら撮影をしている。

主な活動地域	年齢	暮らしのこだわり
東京都	1978年生まれ、45歳	家族との時間を大切にする

つくっているもの	生計の手段
写真、映像	雑誌、TV番組、映画、広告などの撮影。講演会、写真展、写真集、イベント他

ある日

3:00	起床
4:00	出発
7:00	撮影現場着、機材準備
9:00	撮影
14:00	撮影終了
15:00	昼食
16:00	温泉
20:00	帰宅
20:30	夕飯
21:00	家族とテレビ
22:00	子供とお風呂
23:00	就寝

撮影は朝早くに現場に行くことが多く、夜のうちに出て現場で車中泊ということもよくある。昼食は撮影の合間にコンビニで買ったパンやおにぎりなどですませることが多く、昼食の時間をちゃんととるということは少ない。

家に帰ったら娘との時間を大事にする。

空から写真を撮ることを仕事にする

現在は空撮写真家として活動していますが、学生時代は写真を撮るのも撮られるのも嫌いでした。幼い頃から空を飛ぶのが夢だったこともあり、就職活動では航空会社の試験も受けましたが筆記試験で落ちてパイロットになることはできませんでした。結局、大学卒業後はＳＥとしてソフトウェア会社に就職しましたが、その仕事をずっと続けていくつもりはなく、一年弱で退職して次の仕事を探すことにしました。失業保険をもらいながら次の仕事は何をやろうかと探している時に、元々旅が好きだったので旅をしながらできる仕事はないかと考え、写真家であればそれができるのではないかと思いつきました。学生時代は写真が嫌いだったにもかかわらず、そこから急に写真に興味を持ち始め、ヤフオクで中古のデジタル一眼レフカメラを買い、独学で写真の勉強をはじめました。ちょうどその時期に本屋で立ち読みをしていて、たまたまモーターパラグライダーの存在を知り、これで空撮をすれば空を飛ぶという昔からの夢を叶えることができ、仕事にもなり、一石二鳥ではないかと思いつきます。

この時モーターパラグライダーで飛びながら動画を撮影しているカメラマンはいましたが、写真家として空撮している有名な人はまだいなかったため、今からやればモーターパラグライダーで空撮をする写真家としてやっていけるのではないかと思い、動画ではなく写真にこだわってやっていこうと思いました。それから写真を勉強するためにニューヨークに行ったり、帰国してからパラグライダースクールに通って、空撮写真家を目指すようになりました。ニューヨークでは、写真に関して何の技術も業界の知識もなかったため、フォトスタジオで働いた後、ファッションフォトグラファーや、風景写真家のアシスタントをしながら、写真業界で働いていくためのノウハウを勉強しました。そして2008年2月にフリーランスフォトグラファーとして独立し、今に至ります。

フリーランスフォトグラファーとして活動をはじめましたが全く写真で食えず、漫画喫茶や荷揚げ屋、防犯カメラの設置、警備員などのアルバイトを掛け持ちしながらなんとか生計を立てていました。30歳を過ぎてもアルバイト生活をしていましたが、なぜだか昔から「根拠のない自信」というものを強く持っていて、警備員バイトの夜勤で一晩中警棒を振りながら「俺はいつか成功する！」と自分に言い聞かせていました。

あくまで写真家として活動していますが、写真用の一眼レフカメラで動画を撮れるようになってからは、テレビ番組や映画、CM関係の動画の仕事などもするようになり、なんとか動画も含めた撮影の仕事だけで食えるようになったのは35歳くらいになってからでした。

2015年に「キヤノンギャラリー」で個展を開催することができ、有名なカメラ雑誌『アサヒカメラ』や『日本カメラ』、『ナショナル ジオグラフィック日本語版』などでも自分の写真を使ってもらったりして、写真をはじめた頃に目標としていたような仕事もすることができるようになりました。それでも写真業界では写真家として全く認知されておらず、ある程度の目標を達成してきたのに、こんなもんかと悶々としていた時期がありました。

そこで何か新しい事をはじめようと考え、思いついたのが「世界七大陸最高峰空撮プロジェクト」でした。それまでも色々と面白い仕事はしてきましたが、全ての仕事は受注仕事で、制作会社などから依頼がありクライアントの求めるものを撮影する、というものがほとんどでした。それはそれで楽しいのですが、与えられた仕事ではなく自分が本当にやりたいことをお金に繋げ、それを仕事として確立させたいと思うようになりました。

結果として、世界七大陸最高峰を全てモーターパラグライダーで飛行したことのある人はいなかったため、「世界初」ということをアピールすることで、自分の撮りたいものを撮影してそれをお金に繋げると同時に、世界七大陸最高峰空撮プロジェクトに関する受注の仕事も入るようになりました。もちろんこのプロジェクトをはじめてすぐにそうなったわけではなく、最初はとにかく情報を集めるために様々なアウトドアや登山、冒険関係などのイベントに参加して名刺交換し、人脈を増やしていきました。少しずつ応援してくれる人が増えていきましたが、スポンサーとして出資してくれる企業や個人はなかなか見つからず活動資金集めにはかなり苦労をしました。そんな中一番初めに出資を決めてくれたのはカフェの運営をしている高校時代からの友人でした。その後、インターネットで格安航空券の販売を行っている会社の社長に出資してもらい、さらにクラウドファンディングも行ってなんとかプロジェクト第一弾を実行することができました。

プロジェクト第一弾はアフリカ大陸最高峰キリマンジャロの空撮でした。しかし、その準備をしている時、事故を起こしてしまいました。キリマンジャロは標高が５８９５mあるため、普通のモーターパラグライダーエンジンではその高度まであがることができず、エンジンを改造する必要がありました。２０１９年に、改造したエンジンのテストフライトを行っている最中に高度２５００mほどの場所でエンジンから出火し、体に火が燃え移って大火傷をしました。上空で燃えている間は100%死んだと思いましたが、奇跡的に一命を取り留めることができました。

しかし2ヶ月弱入院することになってしまい、プロジェクトは延期せざるを得なくなりました。そして退院してすぐにコロナウィルスが流行ってしまいさらに延期することになり、プロジェクト第一弾を実行できたのは2022年2月になってしまいました。この事故の経験で死への恐怖感が増しました。「死」自体への恐怖ではなく、「死へ至る過程」がこれほどまで苦しく壮絶なのかということを知り、こんな経験はもうしたくない、と思いました。この事故を経験する以前には「俺は死ぬ覚悟でこのプロジェクトを成功させる」とか「死ぬのは怖くない」などと気軽に言っていましたが、今ではそんなことを言えなくなりました。空を飛ぶという危険な事をやっている以上死んだり大怪我するリスクをゼロにすることはできませんが、それでも絶対に事故を起こさないように安全対策を万全にし、死のリスクを感じた時には迷わず逃げ帰る、ということを最優先するようになりました。

プロジェクト第一弾は延期が続き、やっとの思いで実行することができましたが、エンジンのトラブルで目標としていた高度6000mまで上がることはできず、写真家として満足のできる作品を撮ってくることはできませんでした。

それでもタンザニアの空約５０００ｍまで上がり、キリマンジャロを撮影してきたことで一つの実績として評価されました。その結果、プロジェクト第二弾のオーストラリア最高峰コジオスコ空撮では二つのテレビ番組の密着取材を受け、スポンサー費も第一弾の時よりも大きい額を集めることができました。

写真をはじめた頃には考えもしなかったような有名なドキュメンタリー番組に出演したり、ＮＨＫの番組で取り上げてもらったりもしましたが、ただ運がよかっただけで実際にはまだそんなたいそうな人間にはなれていません。ちょっとテレビに出たからといって急に人間が変わるわけでもなく、写真業界で写真家として評価されるわけでもないのでもっともっと写真家として、人間として成長していかないと本物にはなれない、という思いはあります。ただ、昔からあった「いつか自分は成功する」という「根拠のない自信」は「根拠のある自信」に変わってきたように思います。


本書のテーマ「創る、稼ぐ、暮らす」のバランスを考えた時、自分が一番優先していることは基本的には「創る」になると思っています。創作活動を続けるために最低限の稼ぐための仕事をし、そして家族が納得する最低限の家事をやって暮らす。本当は創作活動だけをやって十分にお金が入り家族を養えるのが理想ではあります。しかし現実的にはそうはいかないので、妻が納得する程度に家事をし、家に最低限の生活費を入れられるように稼ぐ、というのが現状です。

35歳くらいまでは自分のやりたいことをお金にすることはほとんどできておらず、暮らすために写真とは関係のないアルバイトをする時間が多かったです。今はある程度自分のやりたいことを仕事にすることができるようになってきたので、「創る」時間を多くとれるようになってきました。それでもまだ十分な稼ぎではなく家族には金銭面で苦労をかけているので、家族のためにも、もっと稼げるようにならないといけないと思っています。

ただ、「創る」を優先しているとは言いつつ子供ができてからは一番大事なのは娘で、創作活動をしながらもできるだけ長い時間娘との時間を取れるようにスケジュールを組むようにしています。家族がいない場合と比べると創作活動の時間が削られているというのは事実なのでそこのバランスは難しいです。基本的に週末は家族優先、平日は自分の仕事優先という形にしていますが、家族からしてみたら自分のやりたいことばかりやっているように見えているようです。それでも、家にいる時は家族との時間を大切にし、特に娘とのコミュニケーションはとても大事にしています。

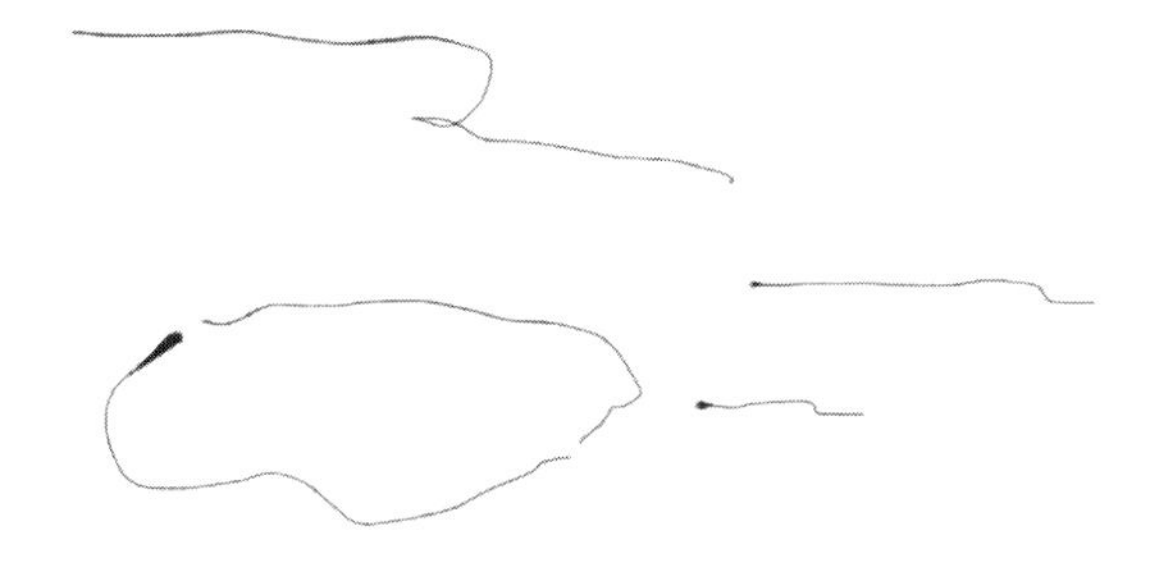

『生＝創×稼×暮』

二〇二四年七月三十一日　第一刷発行

企画・編集　佐々木風
装釘・組版・本文イラスト　新井田早栄
組版協力　廣野佑奈
校正　鷗来堂
発行者　佐々木風
発行所　かくれんぼパブリッシング
〒049-2301
北海道茅部郡森町字尾白内町1002-1
電話　070-4724-1977
印刷・製本　藤原印刷株式会社

定価　一八〇〇円＋税

ISBN　978-4-9913528-0-5 C0095 ¥1800E
Printed in Japan